劉向古列女傳卷之七

孽嬖傳

夏桀末喜

末喜者夏桀之妃也美于色薄于德亂孽無道女子
行丈夫心佩劍帶冠桀既棄禮義淫于婦人求美女
積之於後宮收倡優侏儒狎徒能為奇偉戲者聚之
于旁造爛漫之樂日夜與末喜及宮女飲酒無有休
時置妹喜于膝上聽用其言昏亂失道驕奢自恣為
酒池可以運舟一鼓而牛飲者三千人鞨其頭而飲
之于酒池醉而溺死者末喜笑之以為樂龍逢進諫

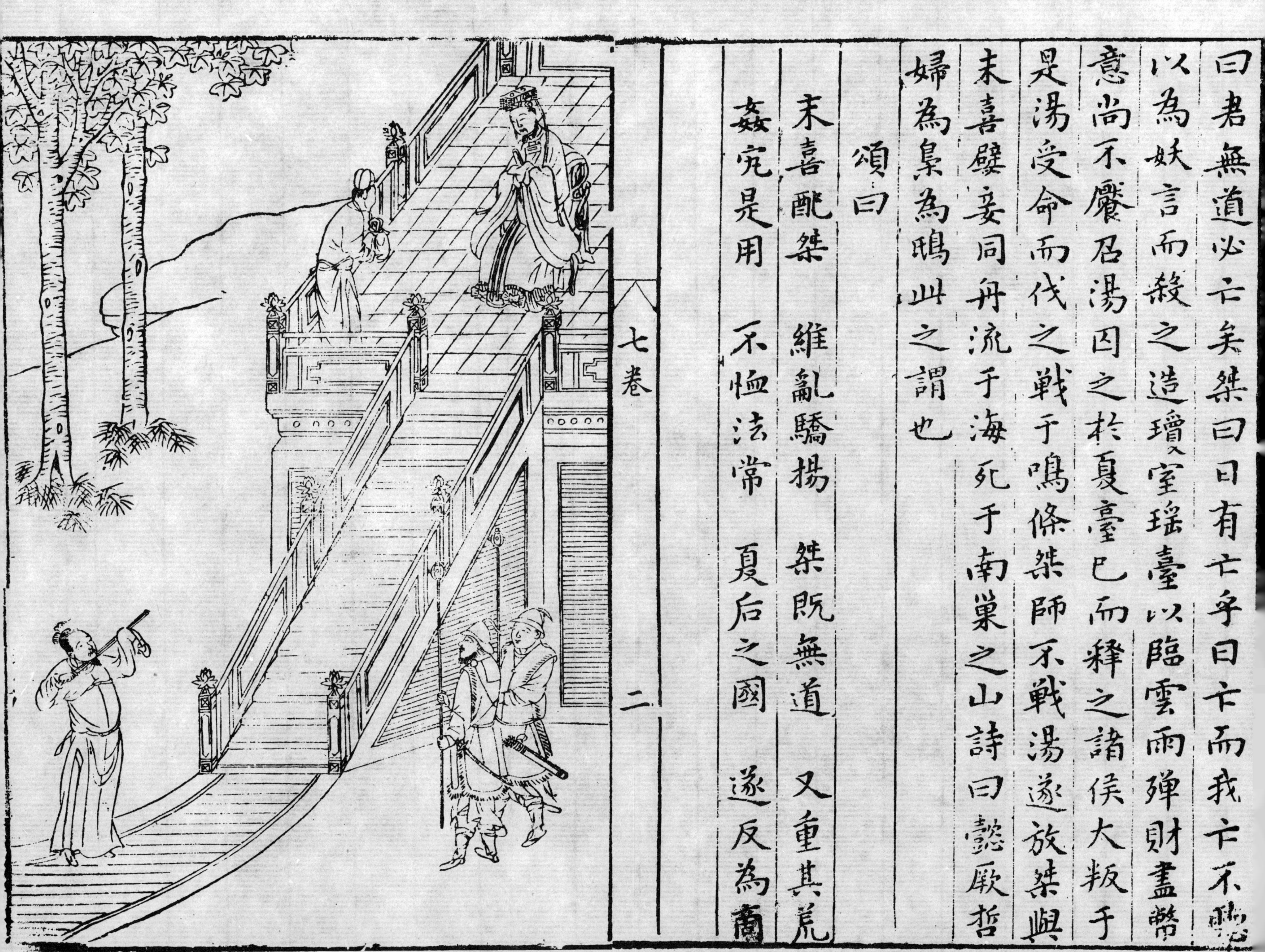

曰君無道必亡矣桀曰有亡乎日亡不聽

以為妖言而殺之造瓊室瑤臺以臨雲雨彈財盡幣

意尚不饜召湯囚之於夏臺已而釋之諸侯大叛于

是湯受命而伐之戰于鳴條桀師不戰湯遂放桀與

末喜嬖妾同舟流于海死于南巢之山詩曰懿厥哲

婦為梟為鴟此之謂也

頌曰

末喜配桀　維亂驕揚　桀既無道　又重其荒

姦宄是用　不恤法常　夏后之國　遂反為商

殷紂妲巳

妲巳者殷紂之妃也嬖幸于紂紂材力過人手格猛
獸智足以距諫辨足以飾非矜人臣以能高天下以
聲以為人皆出巳之下好酒淫樂不離妲巳妲巳之
所譽貴之妲巳之所憎誅之作新淫之聲北鄙之舞
靡靡之樂收珍物積之于後宮諛目群女咸獲所歡
積糟為丘流酒為池懸肉為林使人裸形相逐其間
為長夜之飲妲巳好之百姓怨望諸侯有畔者紂乃
為炮烙之法膏銅柱加之炭令有罪者行其上輒墮
炭中妲巳乃笑比干諫曰不修先王之典法而用婦
言禍至無日紂怒以為妖言妲巳曰吾聞聖人之心
有七竅于是剖心而觀之囚箕子微子去之武王遂
受命興師代紂戰于牧野紂師倒戈紂乃登廩臺衣
寶玉衣而自殺于是武王遂致天之罰斬妲巳頭懸
于小白旗以為亡紂者是女也書曰牝雞無晨牝雞
之晨惟家之索詩云君子信盜亂是用暴匪其止共
維王之卬此之謂也

頌曰

妲巳配紂　惑亂是修　紂既無道　又重相謬
指笑炮炙　諫士剚囚　遂敗牧野　反商為周

周幽褒姒

褒姒者童妾之女周幽王之后也初夏之衰也褒人
之神化為二龍伺于王庭而言曰余褒之二君也夏
后卜殺之與去莫吉卜請其漦藏之而吉乃布幣焉
龍忽不見而藏漦櫝中乃置之郊至周莫之敢發也
及周厲王之末發而觀之漦流于庭不可除也王使
婦人裸而譟之化為玄蚖入後宮二之童妾未毀而
遭之既笄而孕當宣王之時產無夫而乳懼而棄之
先是有童謠曰檿弧箕服寔亡周國宣王聞之後有
人夫妻賣檿弧箕服之器者王使執而戮之夫妻夜

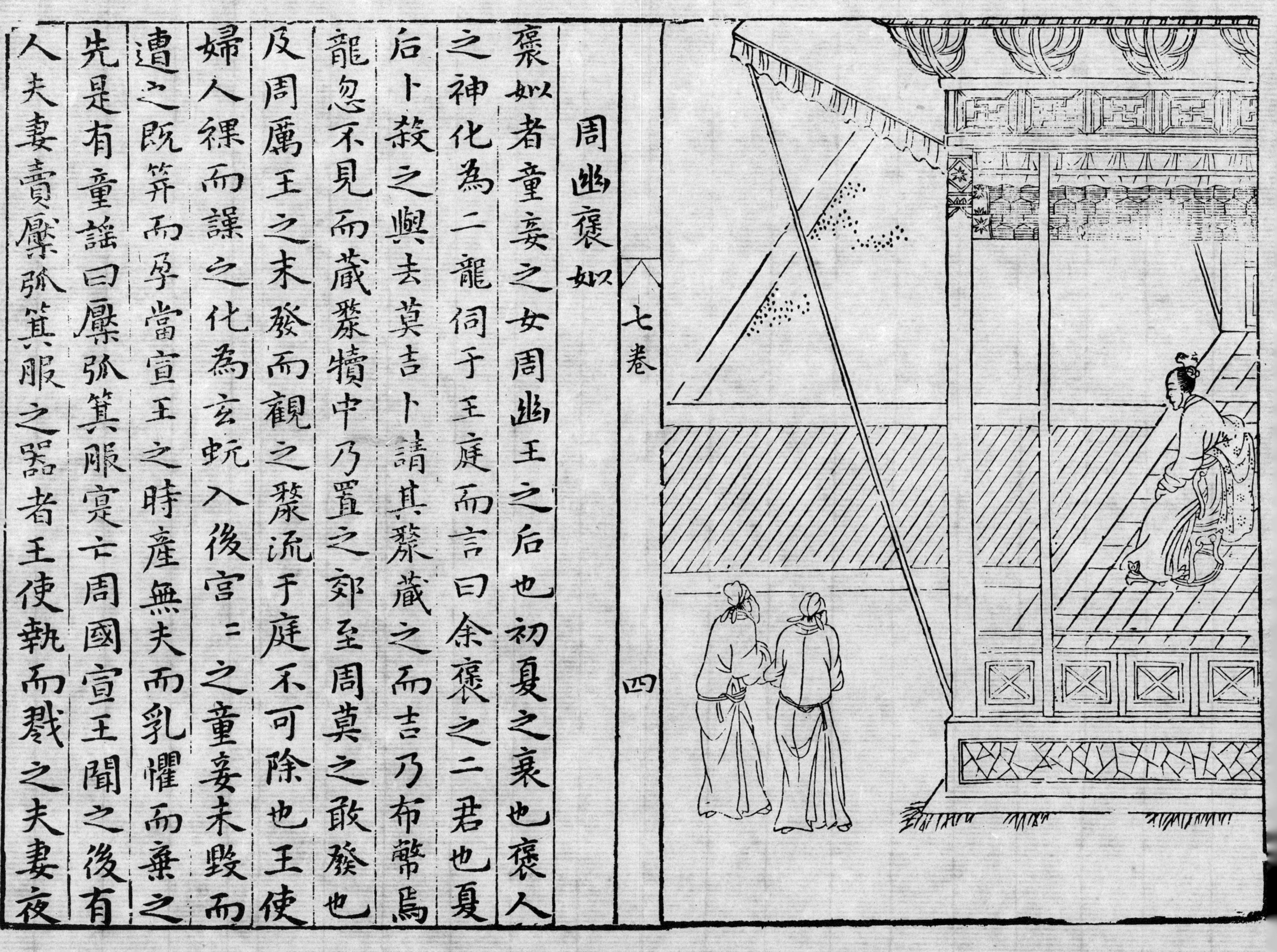

臼所刻皆

沈湎刻流　鑑作續

逃閒童妾遭棄而夜號言衣而取之遂竄于襃長而美
好襃人姁有獄繫之以贖幽王受而嬖之遂釋襃姁
故號曰襃姒既生子伯服幽王乃廢后申侯之女而
立襃姒為后廢太子宜臼而立伯服為太子幽王惑
于襃姒出入與之同乘不恤國事驅馳弋獵不時以
適襃姒之意飲酒沈湎倡優在前以夜續晝襃姒不
笑幽王乃欲其笑萬端故不笑幽王為烽燧大鼓有
冦至則舉烽諸侯悉至而無冦襃姒乃大笑幽王歡悅
之數為舉燧火其後不信諸侯不至忠諫者誅唯襃
姒言是從上下相諛百姓乖離申侯乃與繒西夷犬

卷七　五

戎共攻幽王幽王舉烽燧徵兵莫至遂殺幽王于驪
山之下虜襃姒盡取周賂而去于是諸侯乃即申侯
而共立故太子宜臼是為平王自是之後周與諸侯
無異詩云赫赫宗周襃姒滅之此之謂也
頌曰
襃神龍變寔生襃姒興配幽王廢后太子
舉烽致兵笑寇不至申侯伐周果滅其祀

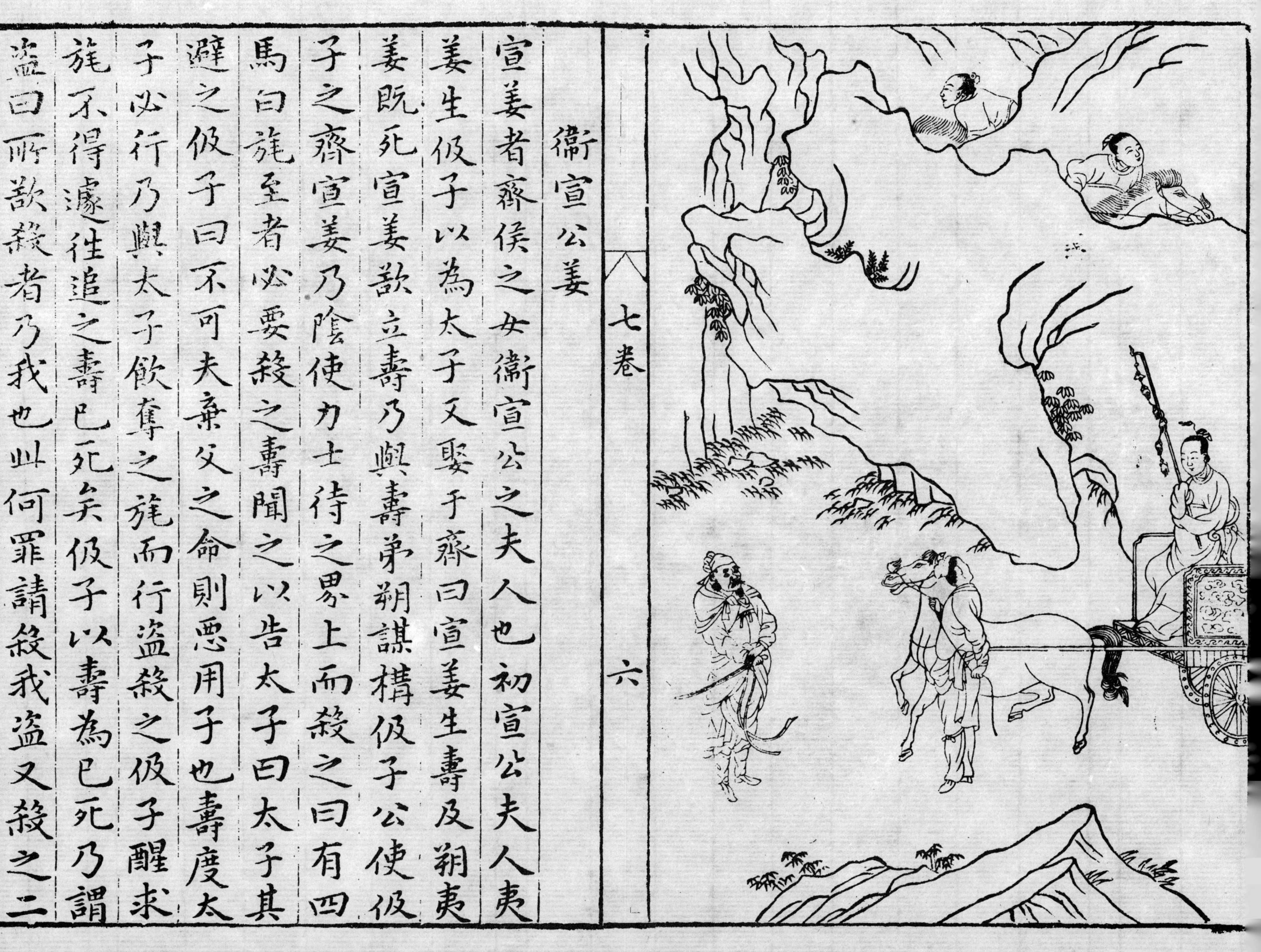

衞宣公姜

宣姜者齊侯之女衛宣公之夫人也初宣公夫人夷
姜生伋子以為太子又娶于齊曰宣姜生壽及朔
姜既死宣姜歜立壽乃與壽弟朔謀構伋子公使伋
子之齊宣姜乃陰使力士待之界上而殺之曰有四
馬白旄至者必要殺之壽聞之以告太子曰太子其
避之伋子曰不可夫棄父之命則惡用子也壽度太
子必行乃與太子飲奪之旄而行盜殺之伋子醒求
旄不得遽往追之壽已死矣伋子以壽為已死乃謂
盜曰所欲殺者乃我也此何罪請殺我盜又殺之二

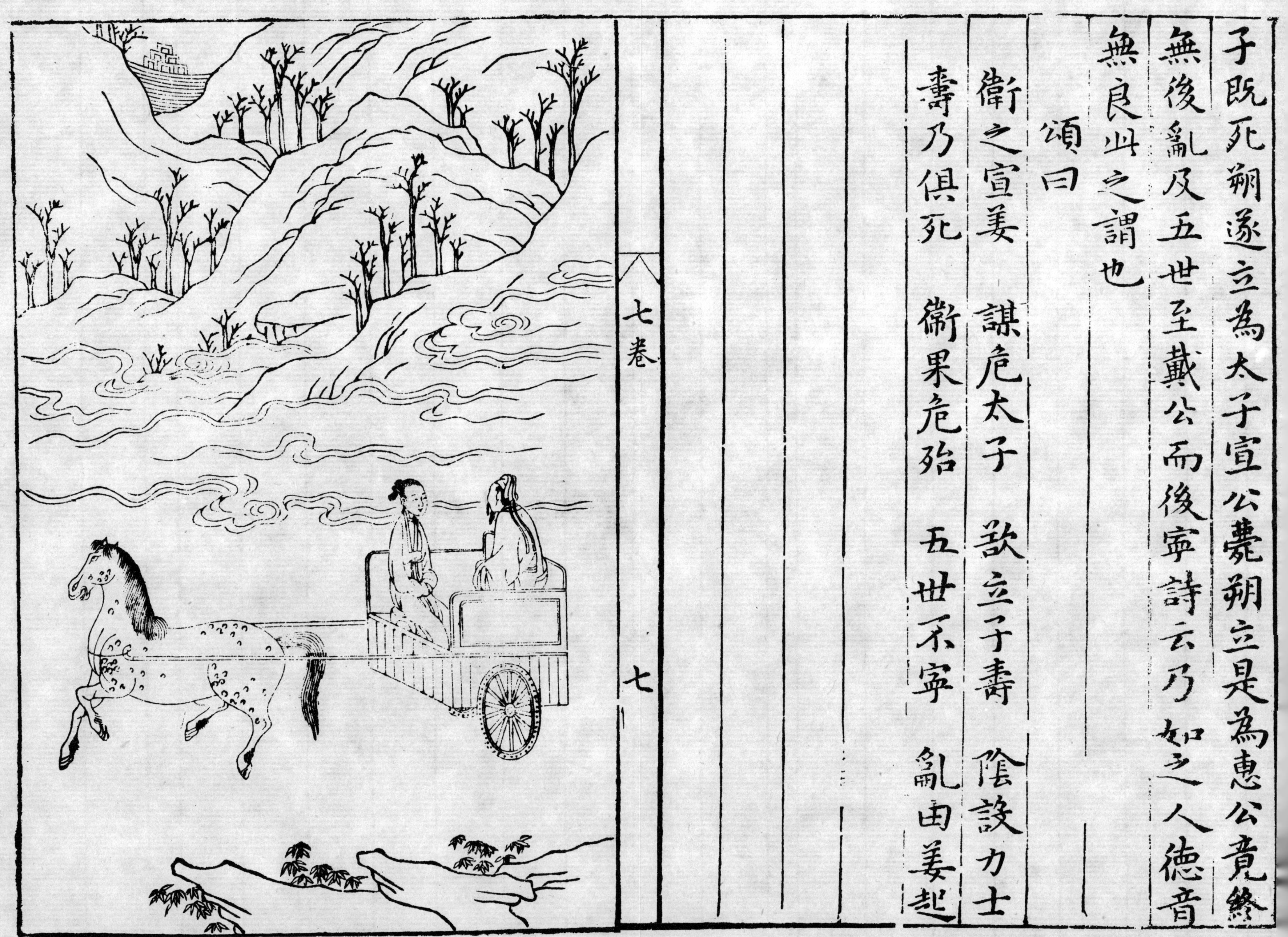

子既死朔遂立為太子宣公薨朔立是為惠公竟終
無後亂及五世至戴公而後寧詩云乃如之人德音
無良此之謂也

頌曰

衛之宣姜　謀危太子　欲立子壽　陰設力士
壽乃俱死　衛果危殆　五世不寧　亂由姜起

魯桓文姜

文姜者齊侯之女魯桓公之夫人也內亂其兄齊襄
公桓公將伐鄭納厲公既行與夫人俱將如齊也申
繻曰不可女有家男有室無相瀆也謂之有禮易此
必敗且禮婦人無大故則不歸桓公不聽遂與如齊
文姜與襄公通桓公怒禁之不止文姜以告襄公襄
公享桓公酒醉之使公子彭生抱而乘之因拉其脅
而發之遂死于車魯人求彭生以除耻齊人殺彭生
詩曰亂匪降自天生自婦人此之謂也

誦曰

文姜淫亂　配魯桓公　與俱歸齊　齊襄淫通
俾厥彭生　摧幹拉脅　維女為亂　卒成禍凶

七卷　八

魯莊哀姜

哀姜者齊侯之女莊公之夫人也初哀姜未入時公
數如齊與哀姜淫既入與其弟叔姜俱公使大夫宗
用幣見大夫夏甫不忌曰婦贄不過棗栗以致禮也
男贄不過玉帛禽鳥以彰物也今婦贄用幣是男女
無別也男女之別國之大節也無乃不可乎公不聽
又丹其父桓公廟宮之楹刻其桷以夸哀姜哀姜驕
淫通于二叔公子慶父公子牙哀姜欲立慶父莊公
薨子般立慶父與哀姜謀遂殺子般于黨氏立叔姜
之子是為閔公閔公既立慶父與哀姜淫益甚又與

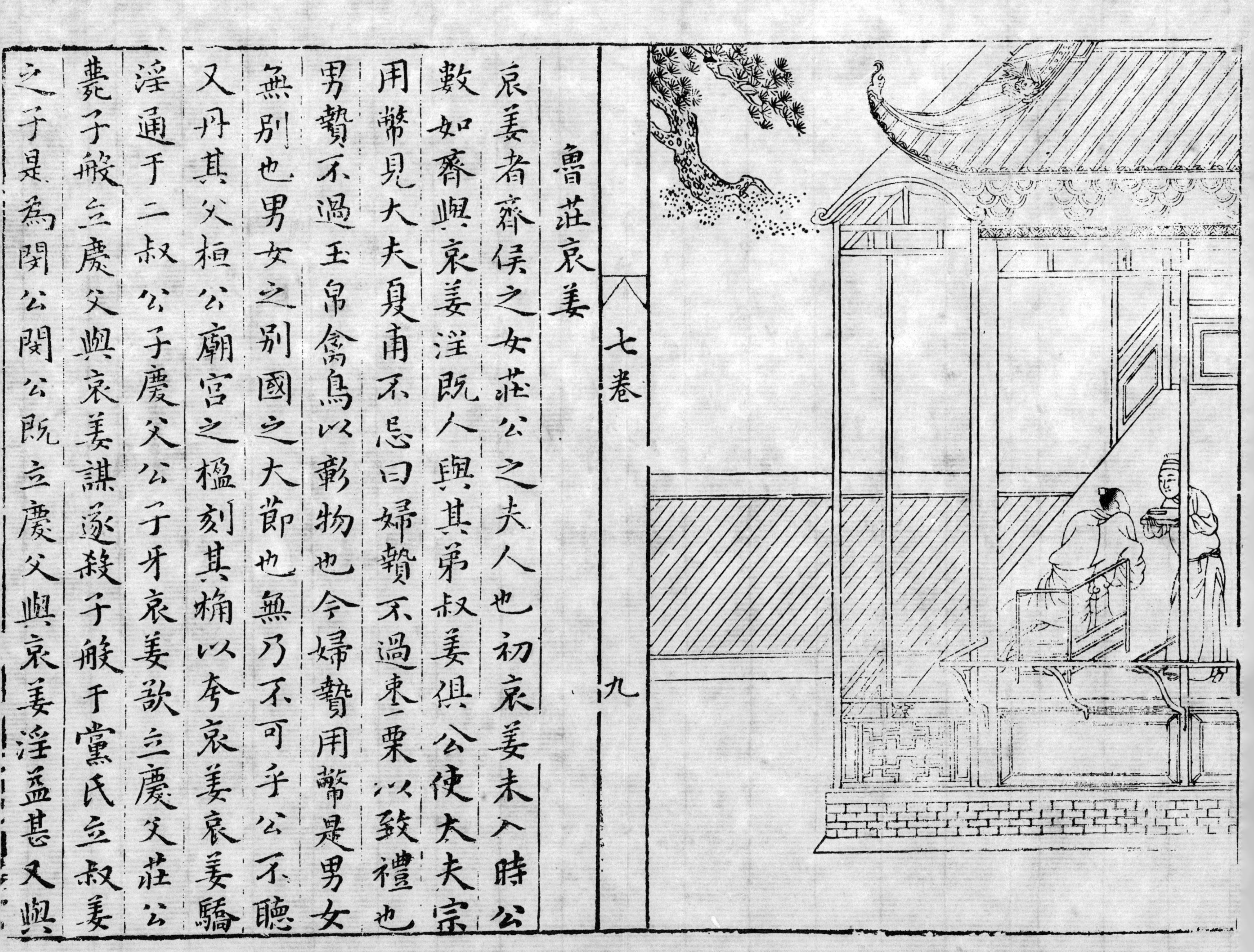

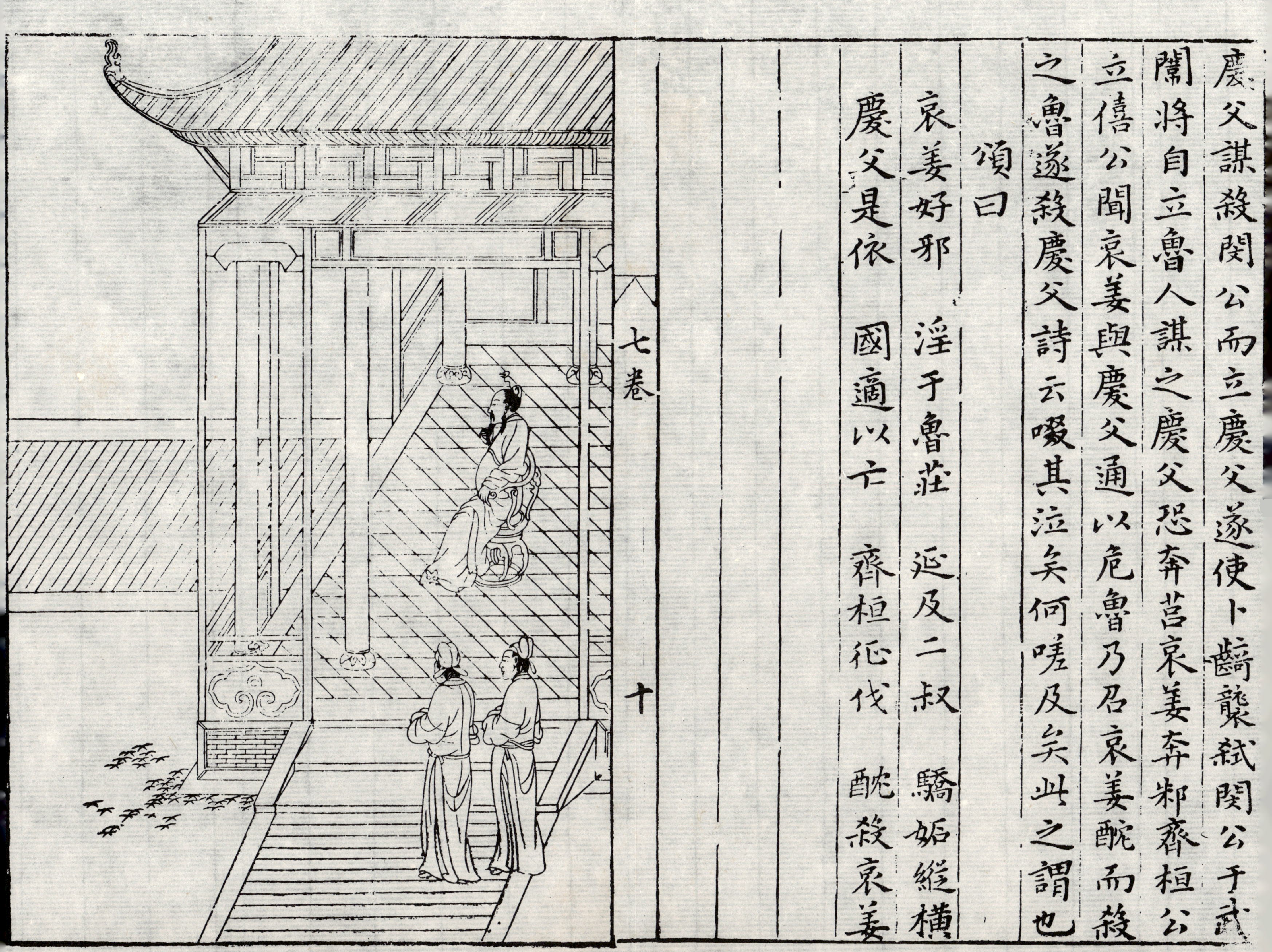

慶父謀殺閔公而立慶父遂使卜齮賊閔公于武
闈將自立魯人謀之慶父恐奔莒哀姜奔邾齊桓公
立僖公聞哀姜與慶父通以危魯乃召哀姜酖而殺
之魯遂殺慶父詩云嗟其泣矣何嗟及矣此之謂也

頌曰

哀姜好邪　淫于魯莊　延及二叔　驕姈縱橫
慶父是依　國適以亡　齊桓征伐　酖殺哀姜

晉獻驪姬

驪姬者驪戎之女晉獻公之夫人也初獻公聚于齊生秦穆夫人及太子申生又娶二女于戎生公子重耳夷吾獻公伐驪戎克之獲驪姬以歸生奚齊卓子驪姬嬖于獻公齊姜先死公乃立驪姬以為夫人驪姬欲立奚齊乃與弟謀曰一朝不朝其間容刀逐太子與二公子而可閒也于是驪姬乃說公曰曲沃君之宗邑也蒲與二屈君之境也不可以無主宗邑無主則民不畏邊境無主則開寇心夫寇生其心民慢其政國之患也若使太子主曲沃二公子主蒲與二屈則可以威民而懼寇矣遂使太子居曲沃重耳居蒲夷吾居二屈〔晋獻〕驪姬既遠太子乃夜泣公問其故對曰吾聞申生為人甚好仁而強甚寬惠而慈于民今謂君惑于我必亂國無乃以國民之故行強于君君未終命而殘君其柰何胡不殺我無以一妾亂百姓公曰惠其民而不惠其父殺君而為民與為父異夫殺君利民民孰不戴蒞父而得寵除亂而眾說妾不欲焉雖其愛君欲君不勝也若紂有良子而先殺紂毋彰其惡鈞死也毋必假手於武王以廢其祀自吾先君武公兼翼而楚穆弒成此皆為民而不

顧觀君不早圖禍且及矣公懼曰柰何而可驪姬曰
君何不老而授之政彼得政而治之殆將釋君乎公
曰不可吾將圖之由此疑太子驪姬乃使人以公命
告太子曰君夢見齊姜亟往祀焉申生乃祭于曲沃歸
福于絳公田不在驪姬受福乃置鴆于酒施毒于脯
公至召申生將胙驪姬曰食自外來不可不試也覆
酒于地地墳申生恐而出驪姬與犬犬死飲小臣小
臣死之驪姬乃仰天叩心而泣見申生哭曰嗟乎國
子之國子何遲為君有父恩忍之況國人乎弒父以
求利人孰利之獻公使人謂太子曰爾其圖之太傅

里克曰太子入自明可以生不則不可以生太子曰
吾君老矣若入而自明則驪姬死吾君不安遂自經
于新城廟公遂殺少傅杜原欵使閹楚刺重耳重耳
奔狄使賈華刺夷吾夷吾奔梁盡逐群公子乃立奚
齊獻公卒奚齊立里克殺之卓子又殺之乃戮驪
姬鞭而殺之于是秦立奚吾是為惠公惠公死子圉
立是為懷公晉人殺懷公于高梁立重耳是為文公
亂及五世然後定詩曰婦有長舌惟厲之階又曰哲
婦傾城此之謂也
頌曰

驪姬繼母　惑亂晉獻　謀譖太子　毒酒為權
果弒申生　公子出奔　身又伏辜　五世亂昏

七卷

十三

繆姜者森侯之女魯宣公之夫人成公母也聰慧而
行亂故謚曰繆初成公幼繆姜通于叔孫宣伯名喬
如喬如與繆姜謀去季孟而擅魯國晋楚戰于鄢陵
公出佐晋將行姜告公必逐季孟是背君也公辭以
晋難請反聽命又貨晋大夫使執季孫行父而止之
逐之喬如奔齊魯逐擯繆姜于東宮始往喬如使筮
之遇艮之六史曰是謂艮之隨隨其出也君必速出
姜曰亡是于周易曰随元亨利貞無咎元善之長也

卷七　十四

貞嘉之會也利義之和也貞事之幹也終故不可誣
也是以雖隨無咎今我婦人而與于亂固在下位而
有不仁不可謂元不靖國家不可謂亨作而害身不
可謂利棄位而放不可謂貞有四德者随而無咎我
皆無之堂随也哉我則取惡能無咎乎必死于此不
得出矣卒斃于東宮君子曰惜我繆姜雖有聰慧之
質終不得掩其淫亂之罪詩曰士之躭兮猶可說也
女之躭兮不可說也此之謂也

頌曰

繆姜淫泆　宣伯是阻　謀逐季孟　歆使專魯

既廢見檻，心意摧下，後雖善言，終不能

陳女夏姬

陳女夏姬者大夫夏徵舒之母也其狀美好無匹內
挾技術蓋老而復壯者三為王后七為夫人公侯爭
之莫不迷惑失意夏姬之子徵舒為大夫公孫寧儀
行父與陳靈公皆通于夏姬或衣其衣以戲于朝泄
治見之謂曰君有不善子宜掩之今自子率君而為
之不待幽閒於朝廷以戲士民其謂爾何二人以告
靈公靈公曰眾人知之吾不善無害也泄治知之寡
人恥焉乃使人徵賊泄治殺之靈公與二子飲於
夏氏召徵舒也公戲二子曰徵舒似汝二子曰不

十六

若其佗公也徵舒疾此言靈公罷酒出徵舒伏弩廐
門射殺靈公公孫寧儀行父皆奔楚靈公太子午奔
晉其明年楚莊王舉兵誅徵舒定陳國立午是為成
公莊王見夏姬美好將納之申公巫臣諫曰不可王
討罪也而納夏姬是貪色也貪色為淫淫為大罰顧
王圖之王從之使壞後垣而出之將軍子反見美又
欲取之巫臣諫曰是不祥人也殺御叔弒靈公戮夏
南出孔儀喪陳國天下多美婦女何必取是子反乃
止莊王以夏姬與連尹襄老襄老死於邲亡其尸其
子黑要又通于夏姬巫臣見夏姬謂曰子歸我將聘

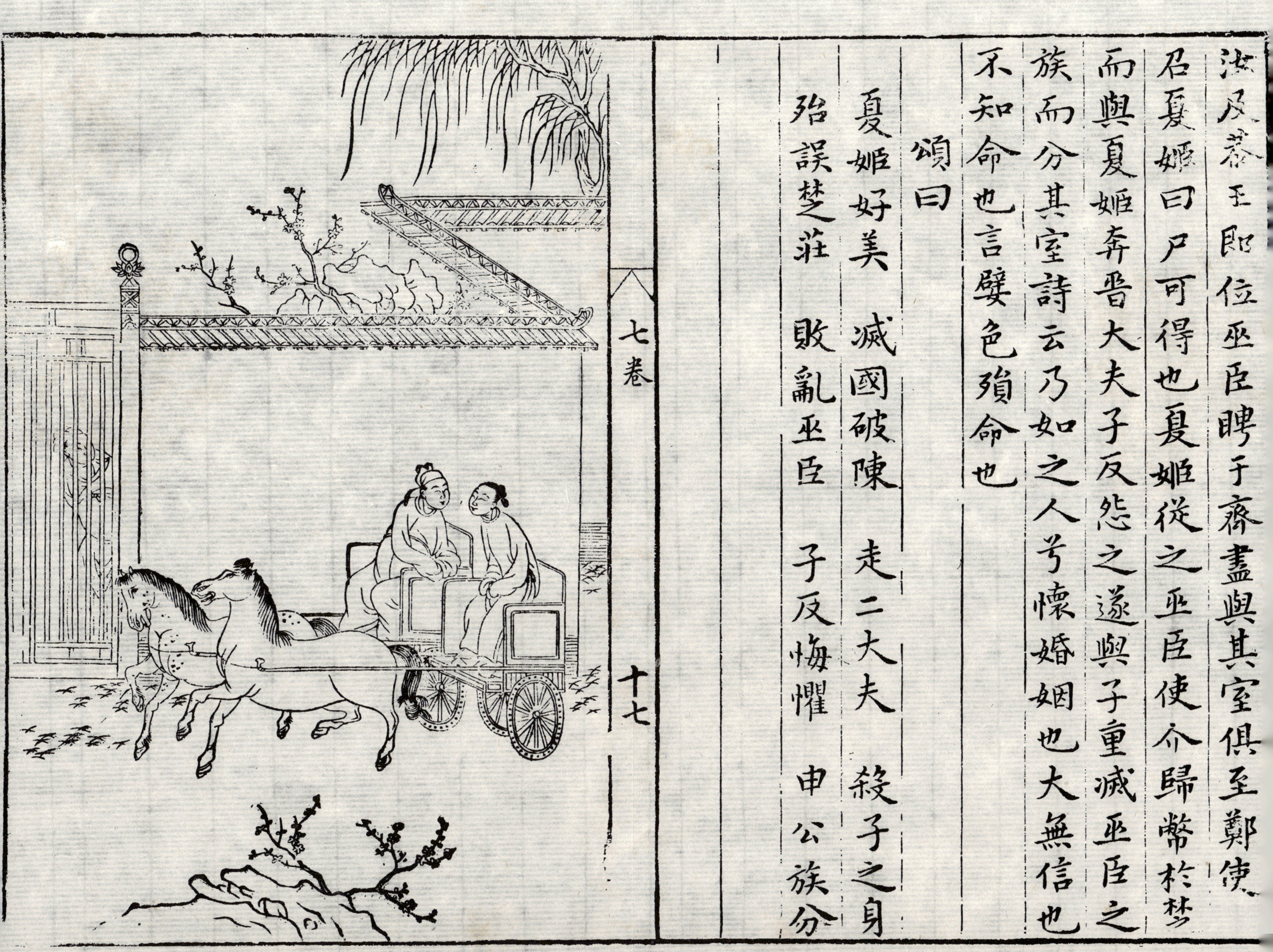

汲及蔡王即位巫臣聘于齊盡與其室俱至鄭使
召夏姬曰尸可得也夏姬從之巫臣使介歸幣於梦
而與夏姬奔晉大夫子反怨之遂與子重滅巫臣之
族而分其室詩云乃如之人兮懷婚姻也大無信也
不知命也言嬖色殞命也

頌曰

夏姬好美　滅國破陳　走二大夫　殺子之身
殆誤楚莊　敗亂巫臣　子反悔懼　申公族分

齊靈聲姬

聲姬者魯侯之女靈公之夫人太子光之母也號孟子淫通于大夫慶尅與之蒙衣乘輦而入于闒鮑牽見之以告國佐國佐召慶尅將詢之慶尅久不出以告孟子曰國佐非我孟子怒時國佐相靈公會諸侯于柯陵高子鮑子處守及還將至閉門而索客孟子訴之曰高鮑將不內君而欲立公子角國佐知之公怒刖鮑牽而逐高子國佐佐遂奔莒更以崔杼為大夫使慶尅佐之乃帥師圍莒不勝國佐使人殺慶尅靈公與佐盟而復之孟子又愬而殺之及靈公薨高鮑皆復遂殺孟子齊亂乃息詩云匪教匪誨時維婦寺此之謂也

頌曰

齊靈聲姬　厥行亂失　淫于慶尅　鮑牽是疾

譖愬高鮑　遂以奔亡　好禍用亡　亦以事喪

齊東郭姜

齊東郭姜者棠公之妻齊崔杼御東郭偃之姊也姜而有色棠公死崔子吊而說姜遂與偃謀娶之既居其室比于公宮莊公通焉驟如崔氏崔子知之異色公以崔子之冠賜侍人崔子慍告有疾不出公登臺以臨崔子之宮由臺上與東郭姜戲公下涖之東郭姜奔入戶而闔之公推之曰開余東郭姜曰老夫在此未及收髮公曰余聞崔子之疾也不聞崔子與姜自側戶出閉門聚眾鳴鼓公恐擁柱而歌公請于崔氏曰公知有罪矣請改心事吾子若不信請盟崔子

曰臣不敢聞命乃避之公又請于崔氏之宰曰請就

元柤之庙而死焉崔氏之宰曰君之臣杼有疾不在

侍臣不敢聞命公踰墻而逃崔氏射中公反墮

遂弒公先是時東郭姜與前夫子棠毋咎俱入崔子

愛之使為相室崔子前妻子二人大子城少子彊及

姜入後生二子明成成有疾崔子廢成而以明為後

成使人請崔邑以老崔子哀而許之棠毋咎與東郭

偃爭而不與成與彊怒將欲殺之以告慶封慶封齊

大夫也陰與崔氏爭權欲其相滅也謂二子曰殺之

于是二子歸殺棠毋咎東郭偃于崔子之庭崔子怒

七卷　二十

想之于慶氏曰吾不肖有子不能教也以至于此吾

事夫子國人之所知也唯辱使者不可以已慶封乃

使盧蒲嫳帥徒眾與國人焚其庫廄而殺成姜崔氏

之妻曰生若此不若死遂自經而死崔子歸見庫廄

皆焚妻子皆死又死君子曰東郭姜殺一國

君而滅三室又殘其身可謂不祥矣詩曰枝葉未有

害本寔先敗此之謂也

頌曰

齊東郭姜　崔杼之妻　惑亂莊公　毋咎是依

禍及明成　爭邑相殺　父母無耶　崔氏遂滅

衛二亂女

衛二亂女者，南子及衛伯姬也。南子者，宋女衛靈公
之夫人，通于宋子朝。太子蒯聵知而惡之。南子讒太
子于靈公曰：太子欲殺我。靈公大怒蒯聵。蒯聵奔宋。
靈公薨，蒯聵之子輒立，是為出公。衛伯姬者，蒯聵之
姊也。孔文子之妻，孔悝之母也。悝相出公。文子卒，
與孔氏之豎渾良夫淫。姬使良夫于蒯聵。蒯聵曰：子
苟能內我于國，報子以乘軒免子三死。與盟，許以姬
為良夫妻。良夫喜，以告姬。姬大悅，良夫乃與蒯聵入
舍孔氏之圃。昏時，二人蒙衣而乘，遂入至姬所。□令

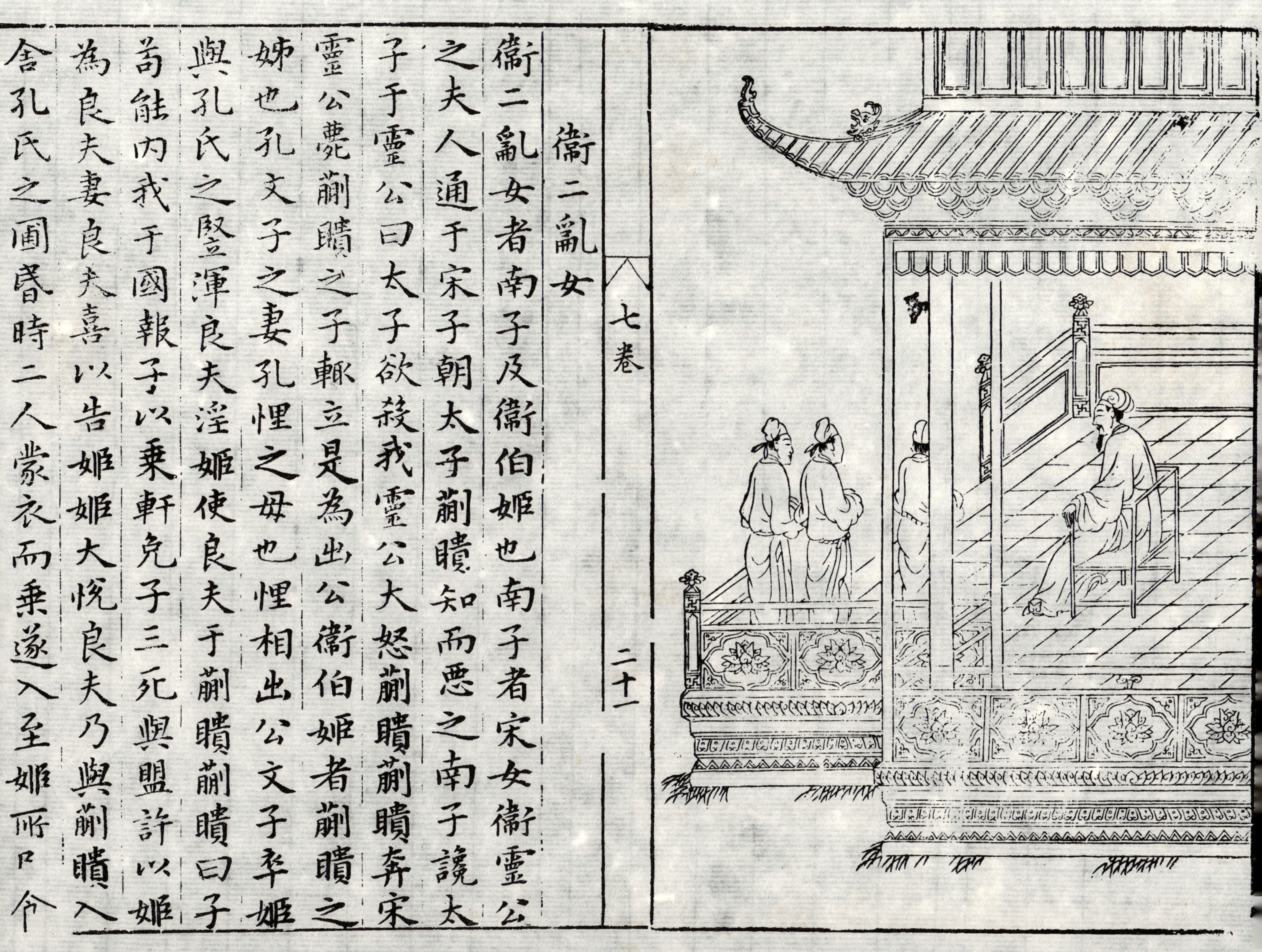

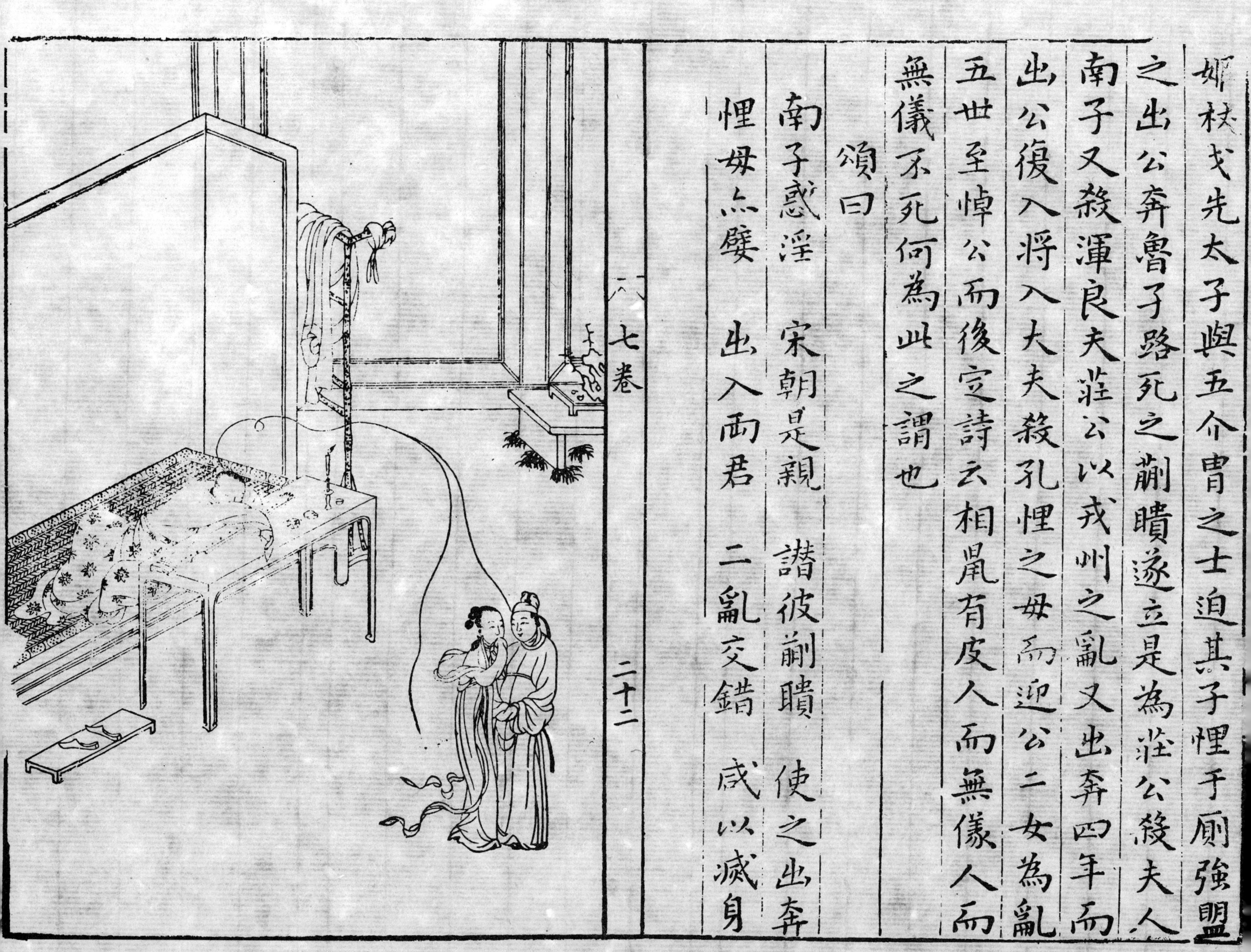

娶枝戈先太子與五介冑之士迫其子悝于廁強盟
之出公奔魯子路死之蒯瞶遂立是為莊公簽夫人
南子又簽渾良夫莊公以戎州之亂又出奔四年而
出公復入將入大夫簽孔悝之母而迎公二女為亂
五世至悼公而後定詩云相鼠有皮人而無儀人而
無儀不死何為此之謂也

頌曰

南子惑淫　宋朝是親　諧彼蒯瞶　使之出奔
悝母亦嬖　出入兩君　二亂交錯　咸以滅身

趙靈吳女者號孟姚吳廣之女趙武靈王之后也初
武靈王娶韓王女為夫人生子章立以為后章為太
子王嘗夢見處女鼓瑟而歌曰美人熒熒兮顏若苕
之榮命乎命乎逢天時而生曾莫我嬴嬴兮曰王飲
酒樂數言所夢想見其人吳廣聞之乃因后而入其
女孟姚甚有色焉王愛幸之不能離數年生子何孟
姚數微言后有淫意太子無慈孝之行王乃廢后與
太子而立孟姚為惠后以何為王是為惠文王武靈
王自號主父封章于代號安陽君四年朝群臣安陽

君朝主父從旁觀窺群臣宗室見章僄然也反目
于弟心憐之是時惠后死久恩衰乃欲分趙而王章
于代計未決而輟主父遊沙丘宮章以其徒作亂李
兌乃赴四邑之兵擊章章走主父閉之笑因圍
主父宮既殺章乃相與謀曰以章圍主父即解兵吾
屬夷矣乃遂圍主父主父欲出不得又不得食乃探
雀鷇而食之三月餘遂餓死沙丘宮詩曰流言以對
冤攘式內言不善之從內出也

頌曰
吳女苕顏　神寤趙靈　既見嬖近　惑心乃生

楚考李后

楚考李后者趙人李園之女弟楚考烈王之后也初
考烈王無子春申君患之李園為春申君舍人乃取
其女弟與春申君知有身園女弟因間謂春申君曰
楚王之貴幸君雖兄弟不如今君相楚三十餘年而
王無子即百歲後將立兄弟即楚更立君後彼亦各
貴其所親又安得長有寵乎非徒然也君用事又多
失禮于王兄弟王兄弟誠立禍且及身何以保相印
江東之封乎今妾知有身矣而人莫知妾之幸君未
久誠以君之重而進妾于楚王楚王必幸妾賴天有

子男則是君之子為王也楚國盡可得孰與身臨不
測之罪乎春申君大然之乃出園女弟謹舍之言之
考烈王召而幸之遂生子悼立為太子園女弟為后
而李園貴用事養士欲殺春申君以滅口及考烈王
死園乃殺春申君滅其家悼立是為幽王后有考烈
王遺腹子猶立是為哀王考烈王弟公子負芻之徒
聞知幽王非考烈王子疑哀王乃釀殺哀王及太后
盡滅李園之家而立負芻為王五年而秦滅之詩云
盜言孔甘亂時用餤此之謂也
頌曰

李園女弟　簪迹春申　考烈無子　果得納印
知重而入　遂得為嗣　既立畔本　宗族滅弑
七卷
二十六

趙悼倡后

倡后者趙悼襄王之后也前日而亂一宗之族既寢
悼襄王以其美而取之李牧諫曰不可女之不正國
家所以覆而不安也此女亂一宗大王不畏乎王曰
亂與不亂在寡人為政遂娶之初悼襄王后生子嘉
為太子倡后既入為姬生子遷倡后既嬖日夜求于王陰
譖后及太子于王王使人犯太子而陷之于罪王遂廢
嘉而立遷黜后而立倡姬為后及悼襄王薨遷立是
為幽閔王倡后淫佚不正通于春平君多受秦賂而
使王誅其良將武安君李牧其後秦兵徑入莫能距

遷遂見虜于秦趙亡大夫怨倡后之譖太子及殺李
牧乃殺倡后而滅其家共立嘉于代七年不能勝秦
趙遂滅為郡詩云人而無禮不死何俟此之謂也

頌曰

趙悼倡后　貪叨無已　隳廢后適　執詐不慇
淫亂春平　窮意所欲　受賂亡趙　身死滅國

劉向古列女傳卷之七終

劉向古列女傳卷之八

周郊婦人

周郊婦人者周大夫尹固所遇于郊之婦人也周敬王之時王子朝恬寵為亂與敬王爭立敬王不得入尹固與召伯盈原伯魯附于子朝春秋魯昭二年六月晉師納王尹固與子朝奉周之典籍出奔之數日道還周郊婦人遇郊尤之曰處則勸人為禍行則數日而反是其過三歲乎至昭公二十九年京師果殺尹固君子謂周郊婦人惡尹氏之助亂知天道之不詒示以大期終如其言詩云取辟不遠昊天不忒

之謂也
八卷
二

陳辯女

辯女者陳國採桑之女也晉大夫解居甫使于宋道
過陳遇採桑之女止而戲之曰女為我歌我將舍汝
採桑女乃為之歌曰墓門有棘斧以斯之夫也不良
國人知之知而不已誰昔然矣大夫又曰為我歌其
二女曰墓門有梅有鴞萃止夫也不良歌以訊止訊
予不顧顛倒思予大夫曰其梅則有其鴞安在女曰
陳小國也攝乎大國之間因之以飢餓加之以師旅
其人且亡而況鴞乎大夫乃服而釋之君子謂辯女
貞正而有辭柔順而有守詩云既見君子樂且有儀

此之謂也

八卷

三

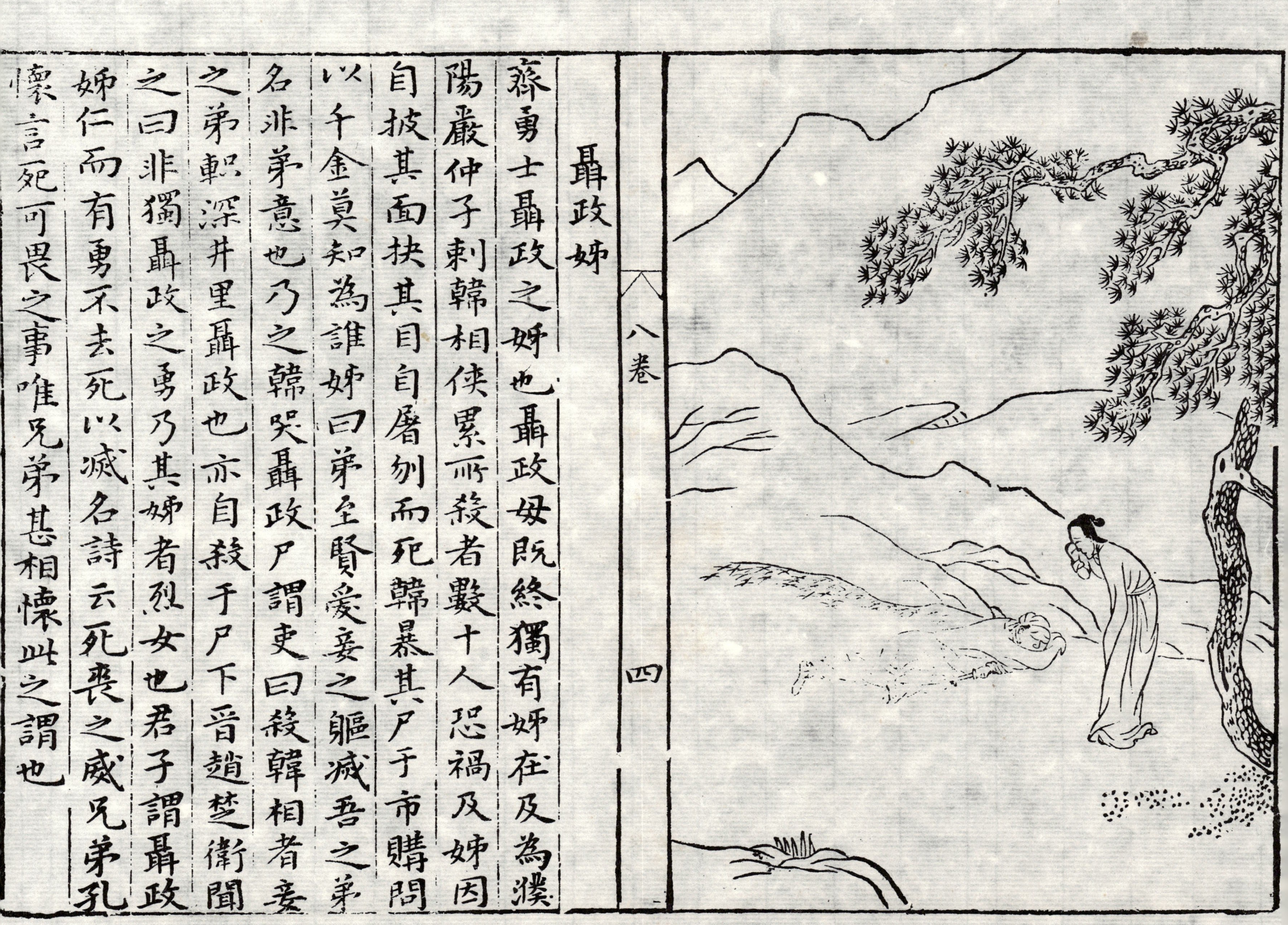

聶政姊

蓋勇士聶政之姊也聶政母既終獨有姊在及為濮
陽嚴仲子刺韓相俠累而殺者數十人恐禍及姊因
自披其面抉其目自屠列而死韓暴其尸于市購問
以千金莫知為誰姊曰弟至賢愛妾之軀滅吾之弟
名非弟意也乃之韓哭聶政尸謂吏曰殺韓相者妾
之弟軹深井里聶政也亦自殺于尸下晉趙楚衛聞
之曰非獨聶政之勇乃其姊者烈女也君子謂聶政
姊仁而有勇不去死以滅名詩云死喪之威兄弟孔
懷言死可畏之事唯兄弟甚相懷此之謂也

王孫氏母

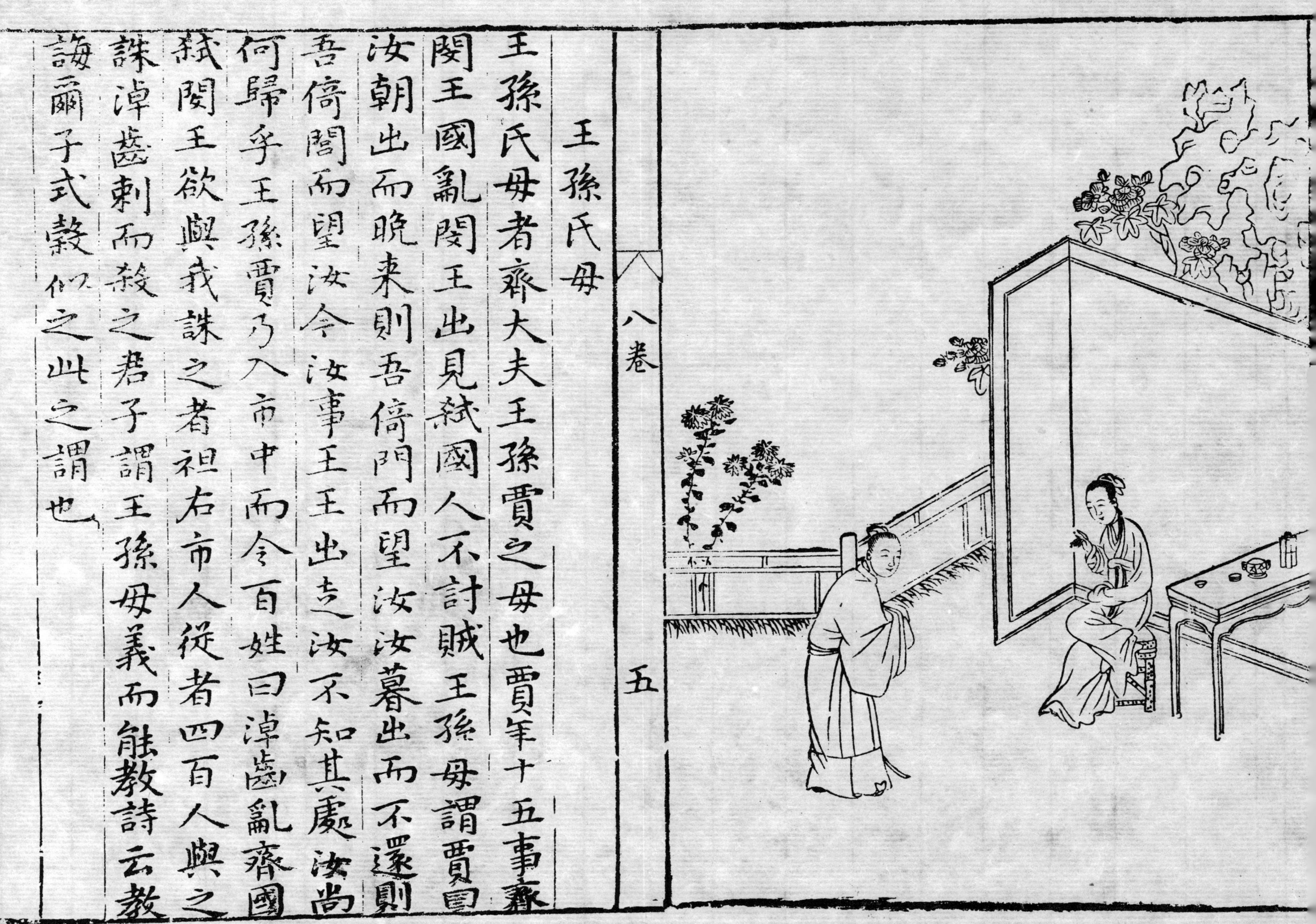

王孫氏母者齊大夫王孫賈之母也賈年十五事齊
閔王國亂閔王出見弒國人不討賊王孫母謂賈曰
汝朝出而晚来則吾倚門而望汝汝暮出而不還則
吾倚閭而望汝汝令汝事王王出走汝不知其處汝尚
何歸乎王孫賈乃入市中而令百姓曰淖齒亂齊國
弒閔王欲與我誅之者袒右市人從者四百人與之
誅淖齒刺而殺之君子謂王孫母義而能教詩云教
誨爾子式穀似之此之謂也

陳嬰母

八卷

六

漢棠邑侯陳嬰之母也始嬰為東陽令大居縣素信
為長者秦二世之時東陽少年殺縣令相聚數千人
欲立長帥未有所用乃請陳嬰嬰謝不能遂強立之
縣中從之得二萬人欲立嬰為王嬰母曰我為子家
婦聞先故不甚貴今暴得大名不祥不如以兵有所
屬事成猶得封侯敗則易以亡可無為人所指名也
嬰從其言以兵屬項梁梁以為上柱國後項氏敗嬰
歸漢以功封棠邑侯君子曰嬰母知天命又能守先
故之業流祚後世謀慮深矣詩曰貽厥孫謀以燕翼

子此之謂也
八卷
七

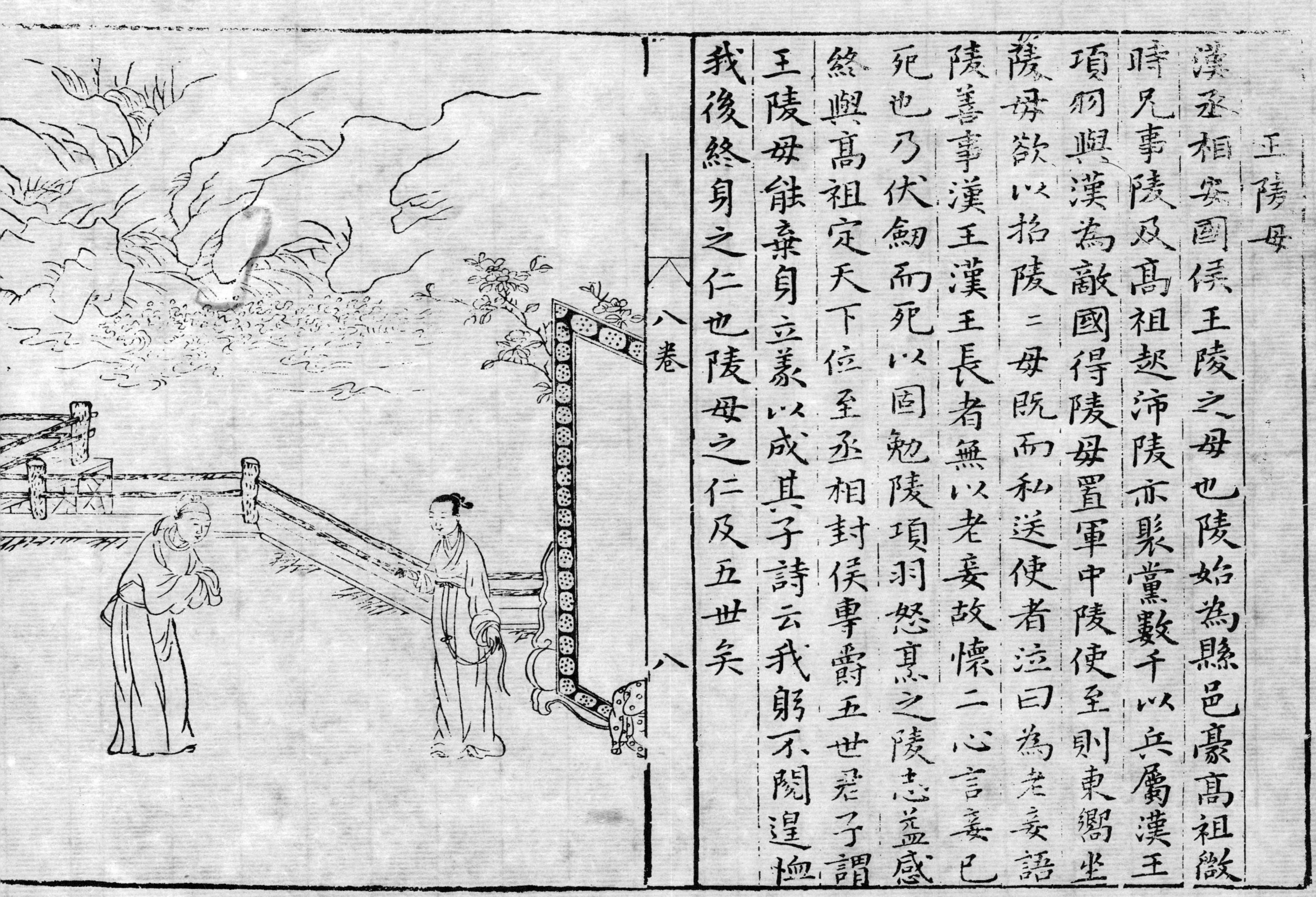

漢丞相安國侯王陵之母也陵始為縣邑豪高祖微
時兄事陵及高祖起沛陵亦聚黨數千以兵屬漢王
項羽與漢為敵國得陵母置軍中陵使至則東嚮坐
陵毋欲以招陵二母既而私送使者泣曰為老妾語
陵善事漢王漢王長者無以老妾故懷二心言妾已
死也乃伏劍而死以固勉陵項羽怒烹之陵志益感
終與高祖定天下位至丞相封侯專爵五世君子謂
王陵母能弃身立義以成其子詩云我躬不閱遑恤
我後終身之仁也陵毋之仁及五世矣

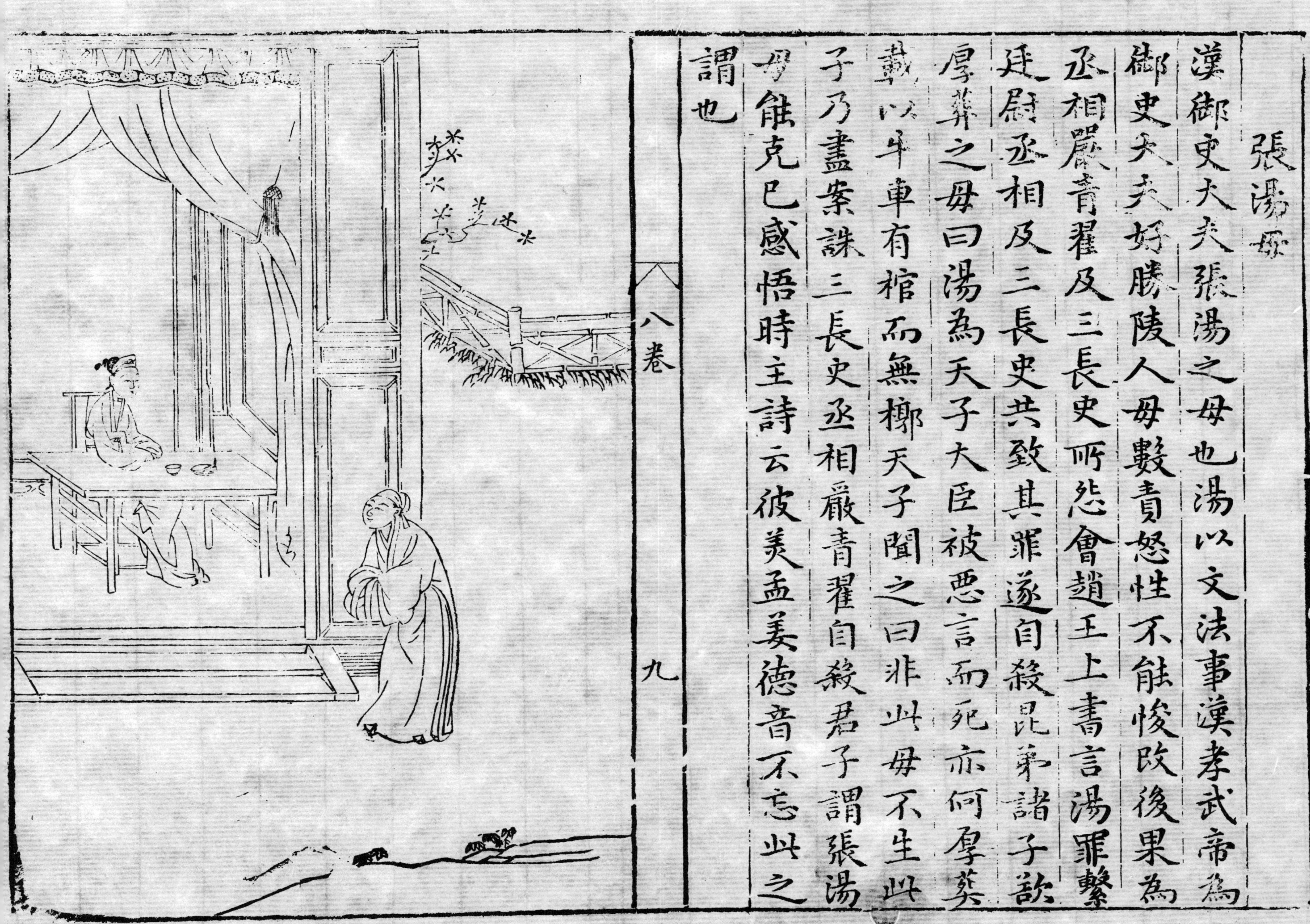

漢御史大夫張湯之母也湯以文法事漢孝武帝為
御史大夫好勝陵人母數責怒性不能改後果為
丞相嚴青翟及三長史所怨會趙王上書言湯罪繫
廷尉丞相及三長史共致其罪遂自殺昆弟諸子欲
厚葬之母曰湯為天子大臣被惡言而死亦何厚葬
載以牛車有棺而無椁天子聞之曰非此母不生此
子乃盡案誅三長史丞相嚴青翟自殺君子謂張湯
母能克已感悟時主詩云彼美孟姜德音不忘此之
謂也

八卷　九

雋不疑母

漢京兆尹雋不疑之母也仁而善教爲京兆尹行縣録囚徒還其母輒問所平反母喜笑飲食言語異他時或無所出母怒爲之不食由是故不疑爲吏不嚴不殘君子謂不疑母能以仁教詩云昊天疾威敷于下土言天道好生疾威雲之行于下土也

楊夫人

楊夫人者漢丞相安平侯楊敞之妻也漢昭帝崩昌
邑王賀即帝位淫亂大將軍霍光與車騎將軍張安
世謀欲廢賀更立帝謀已定使大司農田延年報敞
敞驚懼不知所言汗出浹背徒曰唯唯而已延年出
更衣夫人遽從東廂謂敞曰此國之大事今大將軍
議已定使九卿來報君侯君侯不疾應與大將軍同
心猶與無決先事誅矣延年從更衣還敞夫人與延
年參語許諾請奉大將軍教令遂共廢昌邑王立宣
帝居月餘敞薨益封三千五百戶君子謂敞夫人可
謂知事之機者矣詩云辰彼碩女令德來教此之謂
也

辰敕刻展
殿廣折校
證云令話
作辰

八卷　十一

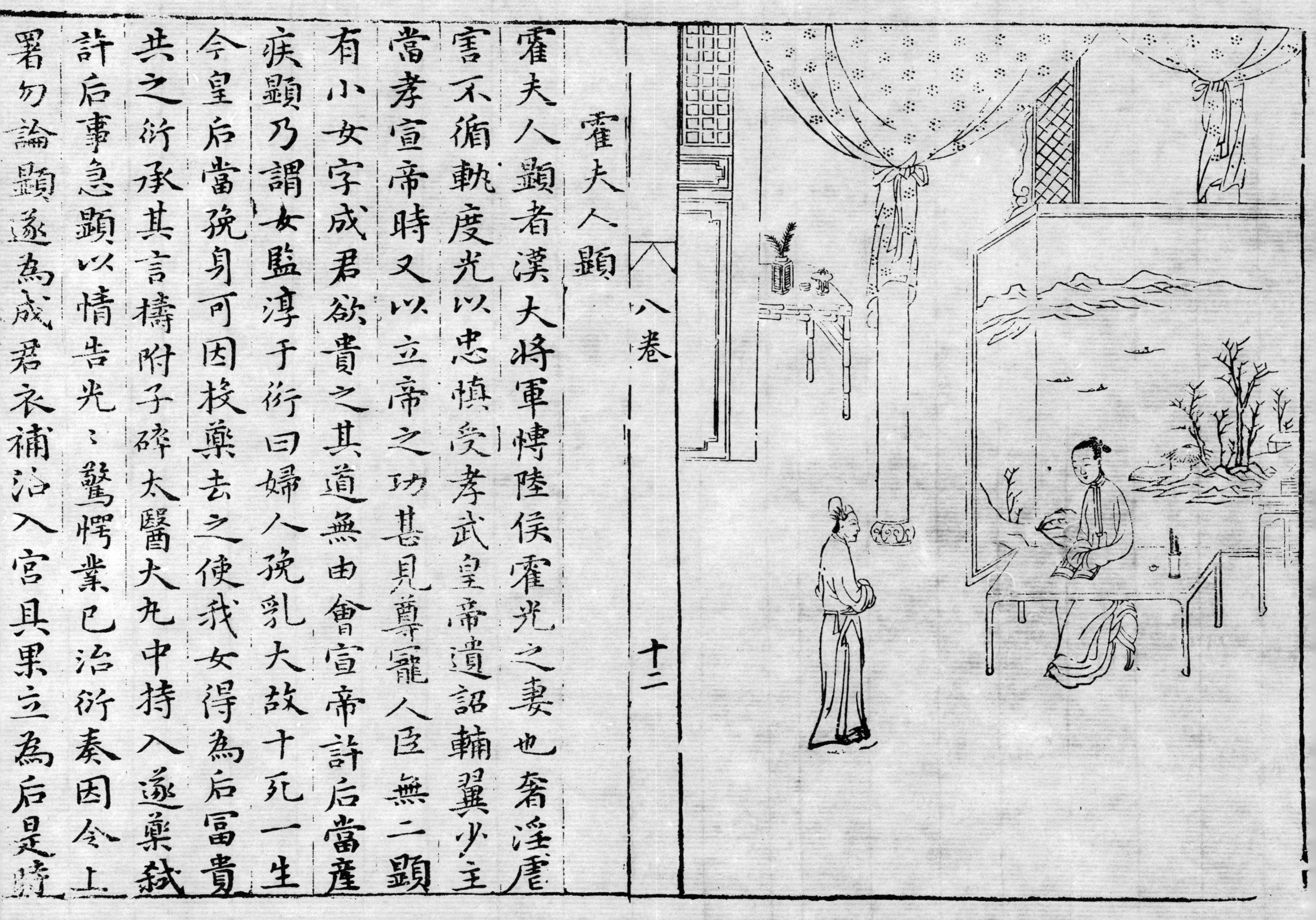

霍夫人顯

霍夫人顯者漢大將軍愽陸侯霍光之妻也奢淫虐
害不循軌度光以忠慎受孝武皇帝遺詔輔翼少主
當孝宣帝時又以立帝之功甚見尊寵人臣無二顯
有小女字成君欲貴之其道無由會宣帝許后當産
疾顯乃謂女監淳于衍曰婦人免乳大故十死一生
今皇后當娩身可因投藥去之使我女得為后富貴
共之衍承其言擣附子碎太醫大九中持入遂藥殺
許后事急顯以情告光〻驚愕業已治衍奏因令上
署勿論顯遂為成君衣補治入宮具果立為后是時

許后之子以正適立為太子顯怒嘔血曰此乃
帝在民間時子安得為太子即我女有子反當為王
耶復教皇后令毒發太子皇后數召太子食保阿輙
先甞之光既薨子禹嗣為博陸侯顯改更光時而造
塋而修大之築神道為輦閣幽閉良人奴婢又治第
宅作乘輿輦畫繡絪鞈黃金塗為薦輪侍婢以五采
綠韣顯遊戲又與監奴馮子都淫亂禹等縱馳甚
宣帝既聞霍氏不道又弒許后事泄顯恐怖乃謀為
遂欲廢天子而立禹發覽霍氏中外皆腰斬而顯棄
市后廢處昭臺宮詩云廢為殘賊莫知其尤言肆于

惡不知其為過霍夫人顯之謂也

八卷　十三

嚴延年母

河南太守東海嚴延年之母也生五男皆有吏材至
二千石東海號曰萬石嚴嫗延年為河南太守所在
名為嚴酷冬月傳屬縣囚論府下流血數里河南號
曰屠伯其母常從東海來欲就延年臘到洛陽適見
報囚母大驚便止都亭不肯入府延年出至都亭謁
母閉閤不見延年免冠頓首閤下母乃見之因責數
延年曰幸偹郡守專治千里不聞仁義教化有以全
安愚民顧乘刑罰多刑殺人欲以致威豈為民父母
之意哉延年服罪頓首謝因為御歸府舍母畢正臘

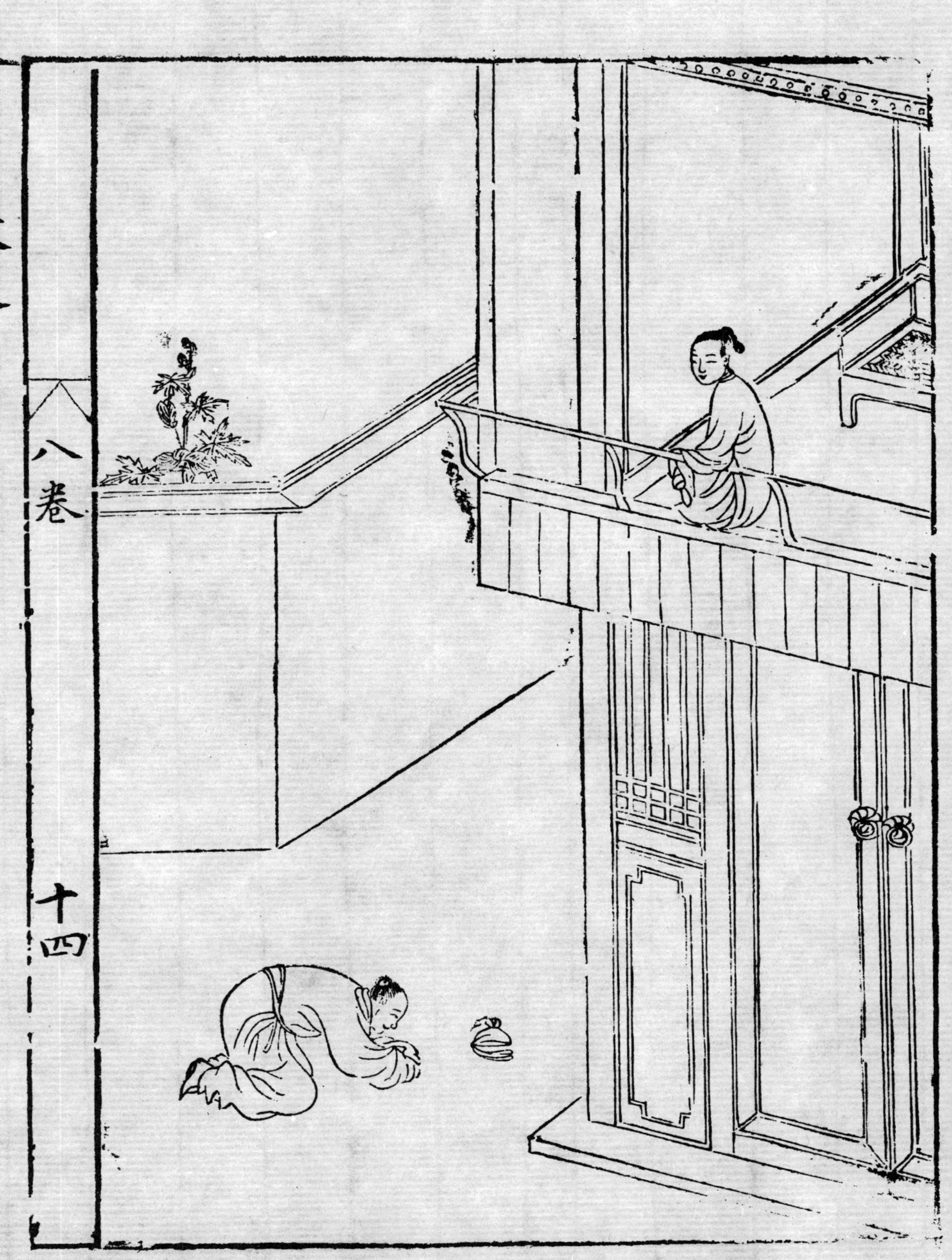

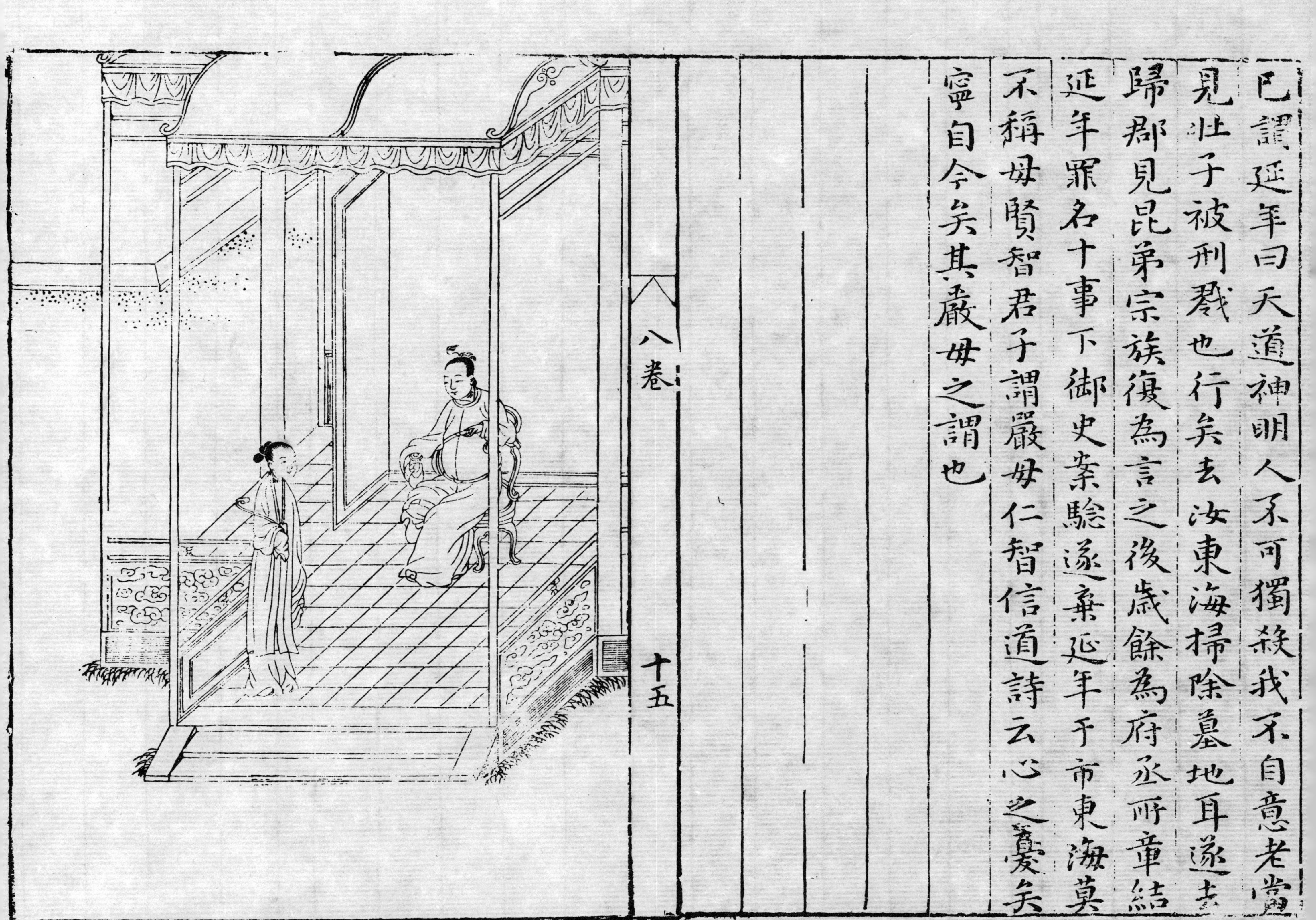

已謂延年曰天道神明人不可獨殺我不自意老當
見壯子被刑戮也行矣去汝東海掃除墓地耳遂去
歸郡見昆弟宗族復為言之後歲餘為府丞所章結
延年罪名十事下御史案驗遂棄延年于市東海莫
不稱母賢智君子謂嚴母仁智信道詩云心之憂矣
寧自今矣其嚴母之謂也

漢馮昭儀

漢馮昭儀者孝元帝之昭儀右將軍光祿勳馮奉世
之女也元帝二年昭儀以選入後宮始為長使數月
為美人生男是為中山孝王美人為婕妤建昭中上
幸虎圈鬭獸後宮皆從熊逸出圈攀檻欲上殿左右
貴人傅昭儀皆驚走而馮婕妤好直當熊而立左右格
發熊天子問婕妤好人情皆驚懼何故當熊對曰妾聞
猛獸得人而止妾恐至御坐故以身當之元帝嗟嘆
以此敬重馮傅昭儀等皆懟明年中山王封乃立婕妤
好為昭儀隨王之國號中山太后君子謂昭儀勇而

慕義詩云公之媚子從公于狩論語曰見義不為無
勇也昭儀蓋勇之矣

王章妻女

王章妻女漢京兆尹王仲卿之妻及其女也仲卿為
書生學于長安獨與妻居疾病無被卧牛衣中與妻
訣泣涕妻呵怒曰仲卿尊貴在朝廷誰愈于仲卿者
今疾病困厄不自激昂乃反涕泣何鄙也後章仕官
至京兆尹成帝舅大將軍王鳳秉政專權章雖為鳳
所舉意不肯附會有日食之變章上封事言鳳不可
任用事成當上妻止之曰人當知足獨不念牛衣中
流涕時耶章曰非女子所知書遂上天子不忍遽鳳
章由是為鳳所陷事至大逆收繫下獄章有小女年

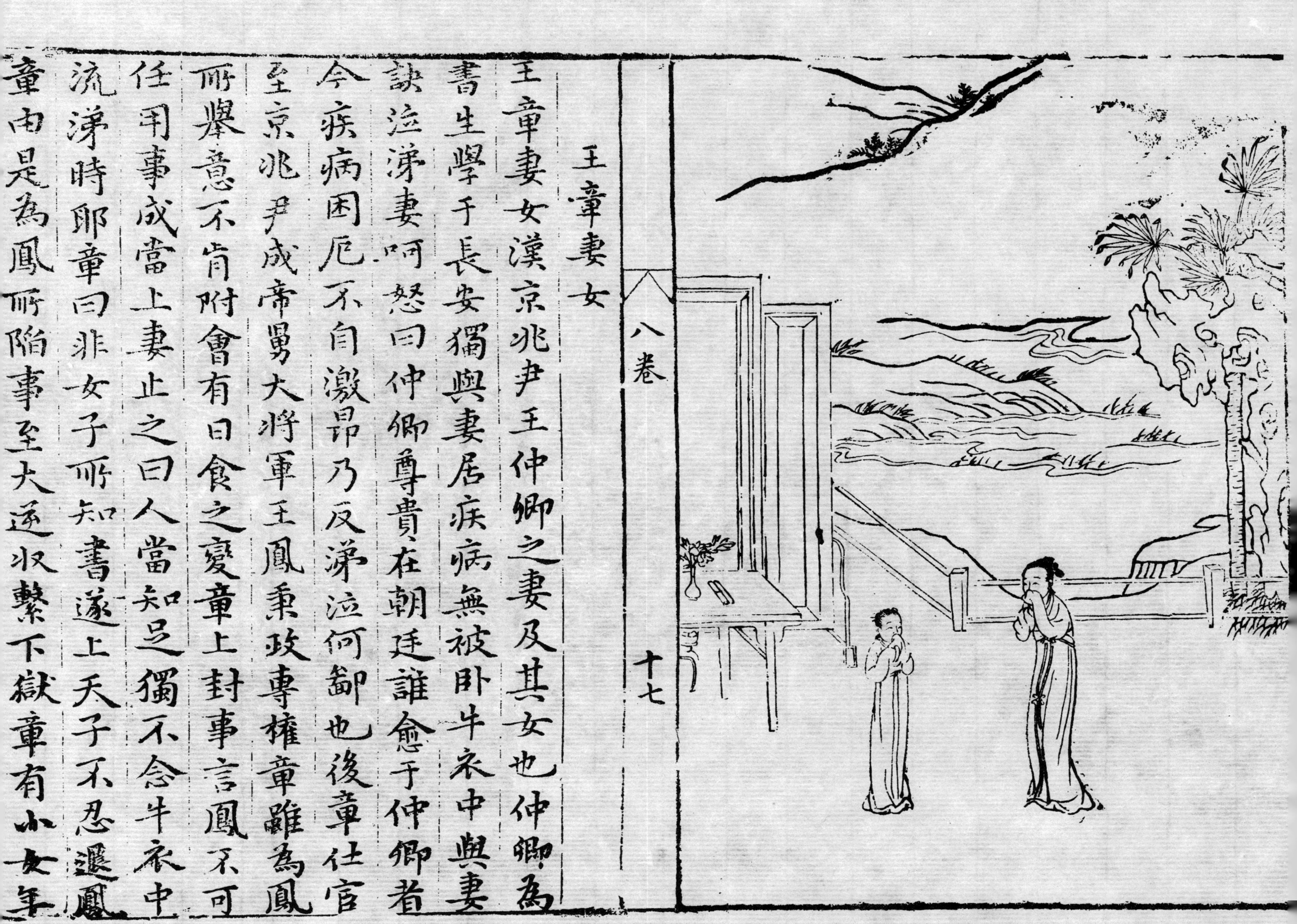

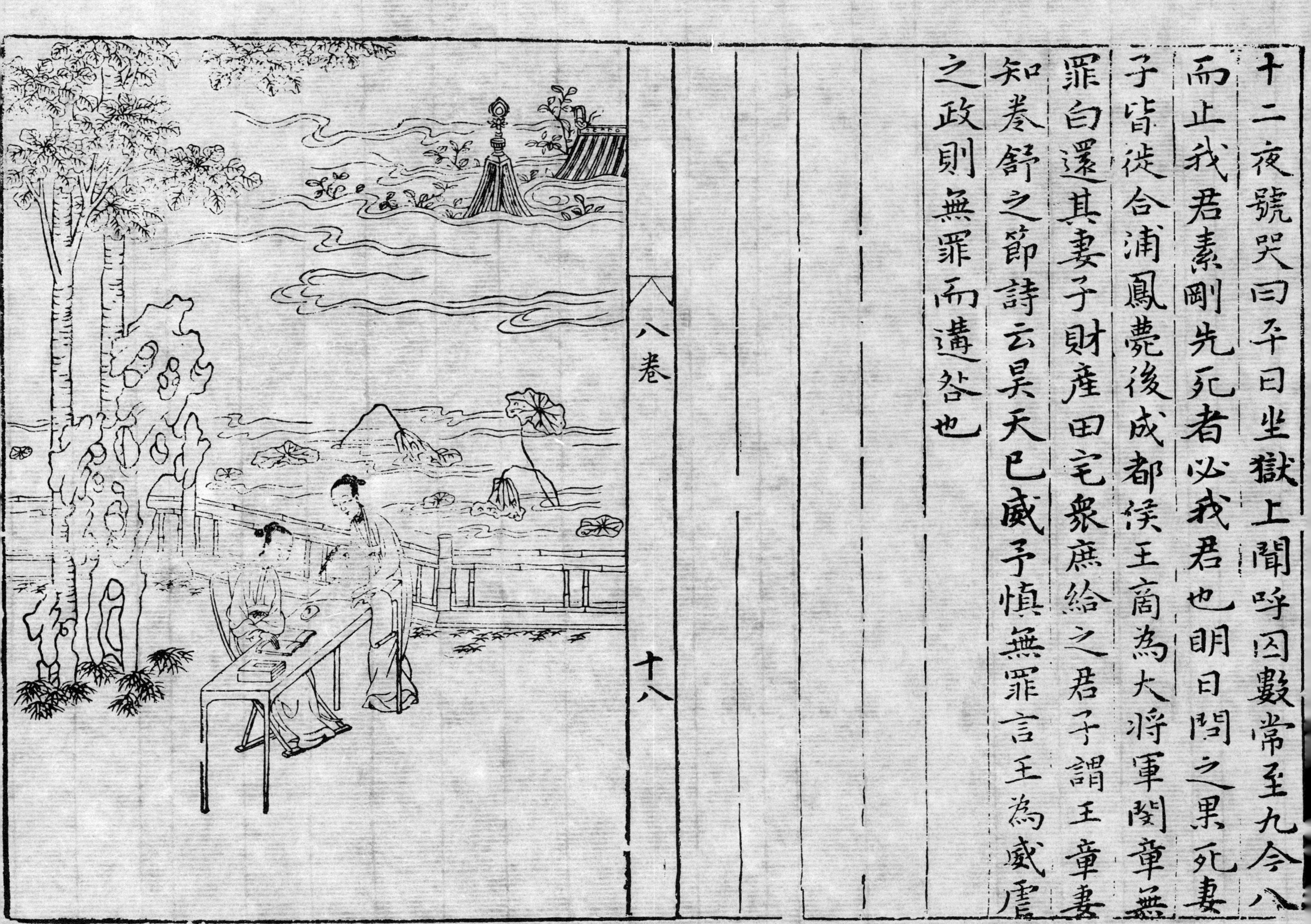

十二夜號哭曰平日坐獄上聞呼冤數常至九今八
而止我君素剛先死者必我君也明日問之果死妻
子皆徙合浦鳳凰斃後成都侯王商為大將軍閣章無
罪白還其妻子財產田宅衆庶給之君子謂王章妻
知卷舒之節詩云吳天已威予慎無罪言王為威震
之政則無罪而遘咎也

班婕妤

班婕妤者，左曹越騎班況之女，漢孝成皇帝之婕妤也。賢才通辯。始選入後宮，為少使，俄而大幸，為婕妤。成帝遊于後庭，嘗欲與婕妤同輦，辭曰：觀古圖畫，賢聖之君皆有名臣在側，三代之末主，乃有嬖女，今欲同輦，得無似之乎。上善其言而止。太后聞而喜曰：古有樊姬，今有班婕妤。每誦詩及窈窕、德象、女師之篇，必三復之。每進見上疏，依則古禮。自鴻嘉之後，成帝稍隆于女寵，婕妤進侍者李平，平得幸，立為婕妤。帝曰：始衛皇后亦從微起。乃賜平姓曰衛，所謂衛婕妤也。

其後趙飛燕姊妹有寵，驕妒，譖訴婕妤，云挾邪詛祝。考問班婕妤，曰：妾聞死生有命，富貴在天，修正尚未蒙福，為邪欲以何望。且使鬼神有知，不受不臣之訴，如其無知，訴之何益，故弗為也。上善其對，而憐閔之，賜黃金百斤。時飛燕驕妒，婕妤恐久見危，求供養皇太后于長信宮，上許焉。婕妤退處東宮，作賦自傷悼。承祖考之遺德兮，荷性命之淵靈，登薄軀于宮闕兮，充下陳于後庭，蒙聖皇之渥惠兮，當日月之盛明，揚光烈之翁赫兮，奉隆寵于增成，既過幸于非位兮，竊庶幾乎嘉時，每寤寐而累息兮，申佩褵以自思，陳女圖而鏡鑒兮顧女史而問詩悲晨婦之作戒兮哀豔之為尤美皇英之女舜兮榮任姒之母周雖愚陋其靡及兮敢舍心而忘兹歷年歲而悼懼兮閔繁華之不滋痛陽祿與祐館兮仍襁褓而離災豈一人之殃咎兮將天命之不可求白日忽以移光兮遂晻莫而昧幽猶被覆載之厚德兮不廢捐于罪郵奉供養于東宮兮託長信之末流供灑掃于帷幄兮永終死

以為期顧歸骨于山足兮依松栢之餘休重曰潛玄宮兮幽以清應門閉兮禁闥扃華殿塵兮玉階菭中庭萋兮綠草生廣屋蔭兮帷幄暗房櫳虛兮風泠泠感帷裳兮發紅羅紛綷縩兮紈素聲神眇眇兮宓靚處君不御兮誰為榮俯視兮丹墀思君兮履綦仰視兮雲屋雙涕下兮橫流顧左右兮和顏酌羽觴兮銷憂惟人生兮一世忽一過兮若浮己獨饗兮高明處生民兮極休勉娛精兮極樂與福祿兮無期綠衣兮白華自古兮有之至成帝崩婕妤充奉園陵薨因葬園中君子謂班婕妤辭同輦之言蓋宣后之志也進李平于同列樊姬之德也釋詛祝之譖定姜之知也求供養于東宮寡李之行也及其作賦哀而不傷歸命不怨詩云有斐君子如切如磋如琢如磨瑟兮僩兮

赫兮喧兮有斐君子終不可諠兮其班婦好之謂也

趙飛燕姊娣

顧刻無以　字　掃刻刻倒　我下刻刻　重我字　在休欲

趙飛燕妍娣者成陽侯趙臨之女孝成皇帝之寵姬
飛燕初生父母不舉三日不死乃收養之成帝嘗微
行出過河陽主樂作上見飛燕而悅之召入宫大幸
有女弟復召入俱為婕妤貴傾後宫乃封父臨為成
陽侯有頃立飛燕為皇后其弟為昭儀飛燕為后而
寵衰昭儀寵無比居昭陽舍其中廷彤朱殿上漆砌
皆銅沓黄金塗白玉階壁往往為黄金釭函藍田璧
玉明珠翠羽飾之後宫未嘗有焉姊娣專寵而悉無
子嬌媚不遜嫉妬後宫帝幸許美人有子昭儀聞之

八卷　二十二

謂帝曰常紿我從中宫来今許美人子何從生懟以
手自擣以頭擊柱從床上自投地涕泣不食曰今當
安置我欲歸爾帝曰我故語之反怒為亦不食昭儀
曰陛下自如是不食謂何陛下常言約不負汝今許
美人有子竟負約謂何帝曰約以趙氏故不立許氏
使天下無出趙氏之上者無憂也乃詔許氏夫人參
殺所生兒革篋盛緘之帝與昭儀共視復緘封以御
史中丞印出埋獄垣下中宫史曹宫字偉能御幸生
子帝復用昭儀之言勿問男女殺之宫未發昭儀怒
掖庭獄丞籍武因中黄門奏事曰陛下無繼嗣子無

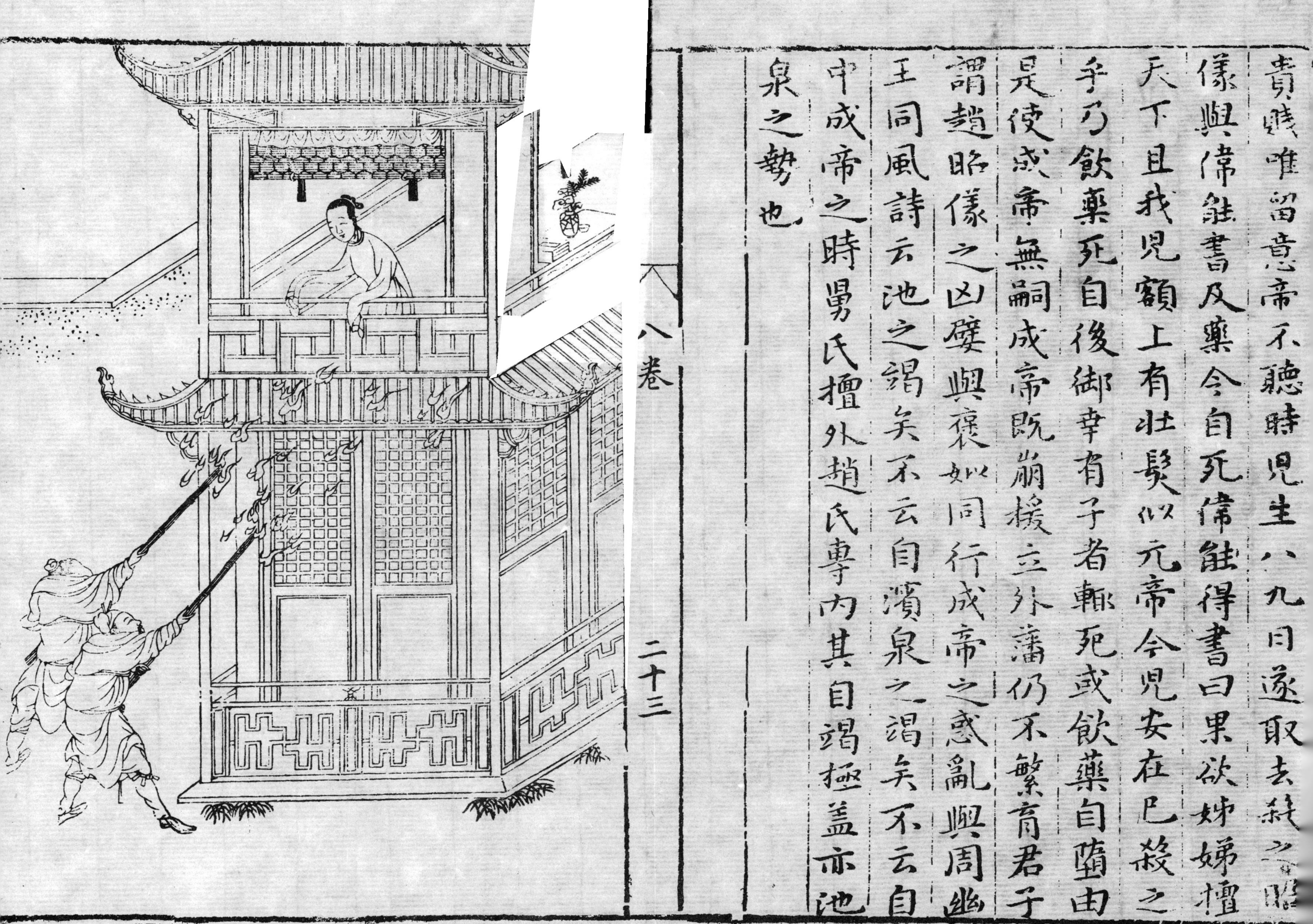

貴賤唯留意帝不聽時兒生八九日遂取去殺之

儀與偉能書及藥令自死偉能得書曰果欲煞媬儃

天下且我見額上有壯髮似元帝今兒安在已煞之

孕乃飲藥死自後御幸有子者輒死或飲藥自墮由

是使成帝無嗣成帝既崩槐三外藩仍不蒙育君子

謂趙昭儀之凶譬與褒姒同行成帝之惑亂與周幽

王同風詩云池之竭矣不云自濱泉之竭矣不云自

中成帝之時舅氏擅外趙氏專內其自竭極蓋亦池

泉之勢也

漢孝平王后

漢孝平王后者安漢公太傅大司馬王莽之女孝平皇帝之后也為人婉淑有節行平帝即位后年九歲莽秉政欲只依霍光故事以女配帝設詐以成其禮諷皇太后遣長樂少府宗正尚書令納采太師大司徒大司空以下四十人皮弁素積而告宗廟明年春遣司徒司空左右將軍奉乘輿法駕迎皇后于安漢公第司徒授璽綬登車稱警蹕時自上林延壽門入未央前殿群臣就位行禮畢大赦天下賜公卿下至趨宰執事洧有羞后立歲餘平帝崩後數年莽篡漢位后年十八自劉氏廢嘗稱疾不朝會莽敬憚哀傷意欲嫁之令立國將軍孫建世子豫將醫往問疾后大怒笞鞭旁侍御因廢疾不肯起莽遂不敢強也及漢兵誅莽燔燒未央宮后曰何面目以見漢家自投火中而死君子謂平后體自然貞淑之行不為存亡改意可謂節行不虧污者矣詩曰髧彼兩髦實惟我儀之死矢靡他此之謂也

更始韓夫人

漢更始韓夫人者更始皇帝劉聖公之夫人也倭諧
邪媚嗜酒無禮初王莽之末更始以新市平林下江
之衆起自立為更始將軍兵威日盛遂自立為帝以
紹漢統及申屠建討莽首詣宛更始視之曰不如此
當與霍光韓夫人曰不如此帝那得之其後巧得
更始意如此更始既惰于政事而韓夫人嗜酒淫色
曰與更始醉飽沉湎乃令侍中于帷幕之內詐為更
始與群臣語群臣知非更始聲莫不怨恨尚書奏事
韓夫人曰帝方對我飲樂正用是時来奏事由是綱

紀不攝諸侯離叛赤眉入關不能制乃將妻子奉天
子璽綬降于赤眉為赤眉所殺詩云彼昏不知一醉
曰富其更始與韓夫人之謂也

梁鴻妻者右扶風梁伯淳之妻同郡孟氏之女其姿
貌甚醜而德行甚修鄉里多求者而女輒不肯行年
三十父母問其所欲對曰欲節操如梁鴻者時鴻未
娶扶風世家多願妻者亦不許聞孟氏女賢遂求納
之孟氏盛飾入門七日而禮不成妻跪問曰竊聞夫
子高義斥數妻妾亦已偃蹇數夫今未而見擇請問
其故鴻曰吾欲得衣裘褐之人與共此世避時今若
衣綺繡傅黛墨非鴻所願也妻曰竊恐夫子不堪妾
幸有隱居之具矣乃更麁衣椎髻而前鴻喜曰此如

八卷 二十七

者誠鴻妻也字之曰德曜名孟光自名曰連期字俟
光共遯逃霸陵山中此時王莽新敗之後也鴻與妻
深隱耕耘織作以供衣食誦書彈琴忘富貴之樂後
復相將至會稽賃舂為事雖褌庸保之中妻每進食
舉案齊眉不敢正視以禮修身所在敬而慕之君子
謂梁鴻妻好道安貧不汲二于榮樂論語曰不義而
富且貴於我如浮雲此之謂也

明德馬后

明德馬后者漢明帝之后伏波將軍新息忠成侯馬
援之女也少有岐嶷之性年十三以選入太子家援
待同列以承至尊先人後己屈于至誠由此見寵時
及政事后推心以對無不當理意有所未安則明陳
其故是時後宮未有妊育者常言繼嗣當時而立鷹
達左右如恐弗及其後宮有進見者輒奉養慰納之
其寵益進者與之愈隆是時宮中尚無人事皆自為
舞衣裳裁成手皆瘃裂終未嘗與侍御者私語防僮
御袴錯或因有所訴恐萬分見于顏色故預絕其漸

其慎微如是永平三年有司奏立長秋官以率八妾
上未有所言皇太后曰馬貴人德冠後宮即其人也
遂登后位身衣大練御者禿裙不緣率皆羞胡倭越
未嘗請舊人僮使諸王親家朝請望見后袍極麤疏
反以為綺就視乃笑后曰此繒染色好故用之耳老
人知者無不嗟息性不喜出入游觀未嘗臨御窓又
不好音樂上時幸苑囿離宮以故希從輒戒言不宜
晨趉及禽因陳風邪霧露之戒辭意慰備上納馬誦
易経習詩論春秋略說大羲讀楚辭不竟賦誦過耳
疾浮華聽言觀論輒擿發其要讀光武皇帝本紀至

八卷　二十九

柰獻千里馬寶劔者上以馬駕鼓車劔賜騎士手不
持珠玉后未嘗不嘆息時有楚獄因證相引繫者甚
多后恐有單詞妄相覆冒承間為上言之惻然感動
于是上衣夜起彷徨思論所納非臣下得聞后志在
克巳輔佐不以私家干朝廷兄為虎賁中郎弟黃門
侍郎訖永平世不遷當明帝體不安召黃門侍郎防
奉參醫藥風夜勤勞及帝崩后作起居注省去防參
醫藥事公卿諸侯上書言宜遵舊典封舅氏太后詔
曰外戚橫恣為世所傳永平中常自簡練知舅氏不
可恣不令在樞機之位令水旱連年民流滿道至有

飢餓而施封拜失宜不可且先帝言諸王財令半楚
淮陽王吾子不當與先武帝子等今柰何欲以馬氏
比陰氏乎吾自束脩異於他上不負先帝下不媿先人
之德身服大練縑裙食不求所其左右旁人皆無薰
薰之簁但布帛耳如是者欲身帥衆也以為外觀見
之當傷心自克但反共言太后素自喜儉前過濯龍
門上見外家問起居車如流水馬如游龍蒼頭衣綠
褠領袖正白顧視旁御者遠不及也亦不譴怒但絕
其歲用冀以默止讙耳知臣莫若君況親屬乎人之
所以歆封侯者歆以祿食養其親奉祭祀身溫飽

祭祀則受大官之牲郡國既珍司農秦祠身則衣御
府之餘繒尚未乏耶必當得一縣上令長樂宮有頃
言之責內亦不愧于世俗孚先是時城門越騎校尉
治母喪起墳微大後以為言惶懼即時削減成
墳上下相承俱奉法度王主諸家莫敢犯禁廣平鉅
鹿樂成王入問起居見車騎鞍勒皆純黑無金銀采
餝馬不踰六尺章帝緣太后意白賜錢五百萬新平
主衣絳縞直領讁以不得厚賜于是親戚被服如一
教化不嚴而讓以躬親率先之故也置織室蠶室濯
龍中后親往來占視于內以為娛樂教諸小王試其

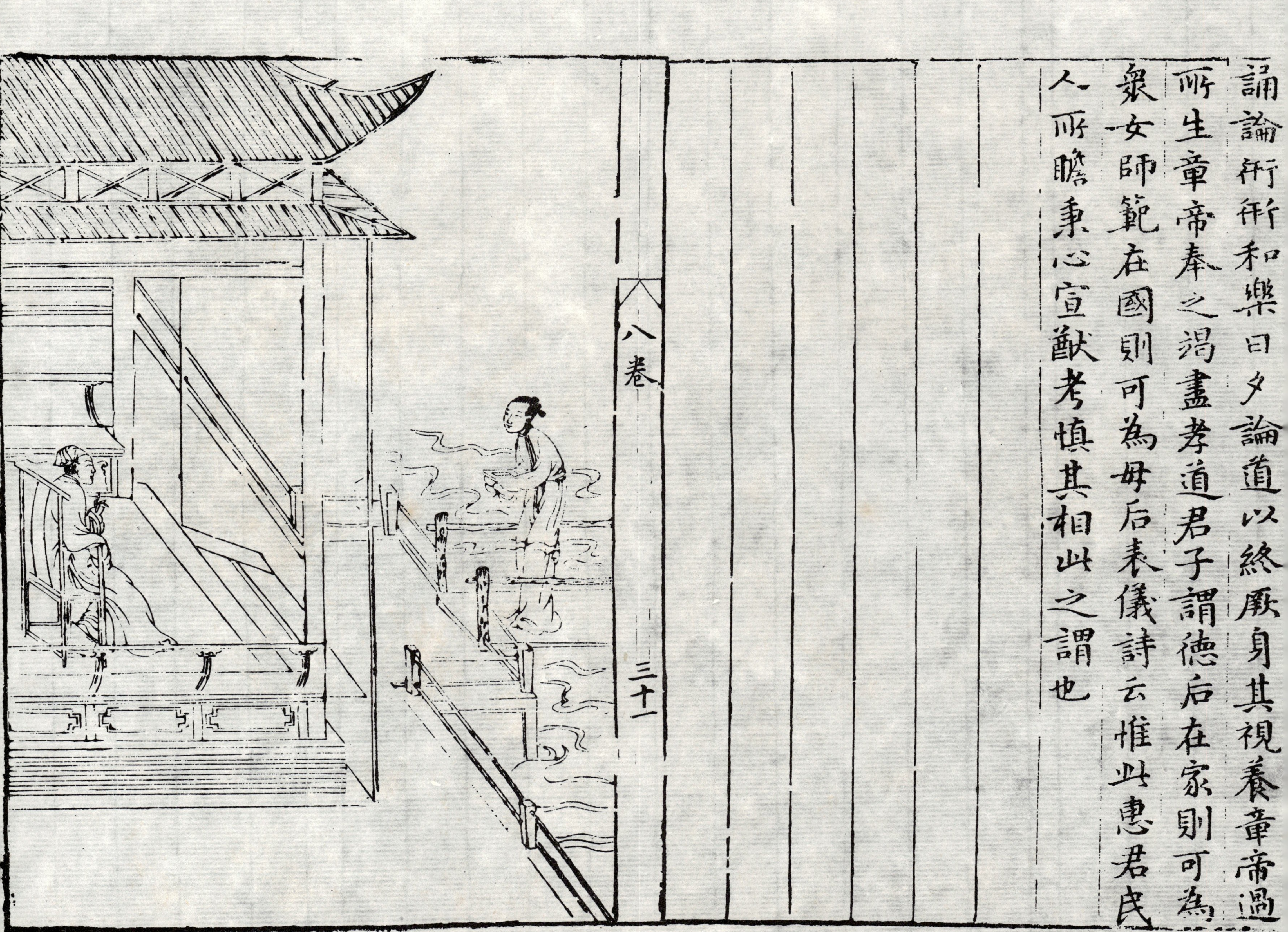

誦論衍衍和樂日夕論道以終厥身其視養章帝過

所生章帝奉之渴盡孝道君子謂德后在家則可為

眾女師範在國則可為母后表儀詩云惟此惠君民

人所瞻秉心宣猷考慎其相此之謂也

梁夫人嫕

梁夫人嫕者梁竦之女樊調之妻漢孝和皇帝之姨恭懷皇后之同產姊也初恭懷后以選入掖庭進御于孝章皇帝有寵生和帝母養焉和帝之生梁氏喜相慶賀聞竇后驕恣欲專恣害外家乃誣陷梁氏時竦在本郡安定詔書收繫之家屬移九真後和帝立竇后崩諸竇以罪惡誅放嫕從民間上書自訟曰妾同產女弟貴人前充後宮蒙先帝厚恩得見龍乗皇天授命育生明聖托體陛下為竇憲兄弟所譖訴而破亡父竦冤死獄體骨不掩耳今老母孤弟遠從萬里獨妾胘身竄伏草野嘗恐殘命無由自達今遭陛下神聖之德攬統萬里寰宇弟奸惡伏誅海內顯然各得其所妾幸蘇息我目更視敢昧死自陳父既湮沒不可復生母乘年七十弟棠芋遠在絕域不知死生顧乞母弟還本郡收葬竦枯骨妾聞文帝即位薄氏蒙達宣帝紀統史氏復興妾自悲既有薄史之親獨不得蒙外戚餘恩章疏上天子感悟使中常侍掖庭令襍訊問知事明審引見應對上泣涕賞賜義姊嫕既美有節行又眥追此事上甚善之稱梁夫人擢嫕夫樊調為郎中遷羽林郎

將恭懷后袠乃改殯于承光宮奏為陵追諡辣為壐
親愍侯徵還母及弟芳及既到乃封侯食邑三千戶
君子謂緹夫人以哀辭發家開悟時主榮父之媧還
母萬里為家門興三國之祚使天子成母子之禮詩
云世之不顯厥猶翼、思皇多士生此王國此之謂
也

劉向古列女傳卷之八終

八卷

三十三

嘉慶丁巳以吳郡顧氏小讀書堆仿宋重雕本校

图书在版编目（CIP）数据

古列女传／（汉）刘向撰；（汉）班昭增补．—影印本．—北京：中国书店，2013.8

（中国书店藏珍贵古籍丛刊）

ISBN 978-7-5149-0805-3

Ⅰ．①古…　Ⅱ．①刘…②班…　Ⅲ．①女性—名人—列传—中国—古代　Ⅳ．①K828.5

中国版本图书馆 CIP 数据核字（2013）第 119175 号

中國書店藏珍貴古籍叢刊

古列女傳

附續列女傳

一函四冊

作者　漢·劉 向撰　漢·班 昭增補
出版發行　中國書店
地址　北京市西城區琉璃廠東街一一五號
郵編　一〇〇〇五〇
印刷　金壇古籍印刷廠
版次　二〇一三年八月第一版第一次印刷
書號　ISBN 978-7-5149-0805-3
定價　一二〇〇元